唐吉訶德

總導讀

打開世界文學經典，進入生命的另一個層次！

——新樹幼兒圖書館 館長 蔡幸珍

文學經典之所以成為經典，是因為這些世界名著經過時間的淘洗與淬煉之後，能歷久不衰並轉化成各種形式的「變裝」，例如：卡通、電影、芭蕾舞蹈、音樂、漫畫、手機遊戲、桌遊……等，繼續活躍在這世界的舞台上。

時代會變，社會在進步，科技也以十倍速更新，然而亙古以來的人性卻沒有顯著的變化，幾百年前能感動、震撼、取悅、療癒人心的世界名著，在幾百年後，依然能深深打動世人。

完整的文學經典出版計畫

小木馬文學館這一系列的世界文學經典作品，是由日本第一流的兒童文學研究家，以及國內的傑出譯者以生動活潑的現代語言譯寫，並且附有詳細的注釋、彩頁插畫、作者介紹、人物關係圖、故事場景和地圖……等等。從這些規畫與細節，可以看到編輯群的用心與貼心。

每個時代的生活用語與文物不盡相同，書中圖文並茂的注釋讓讀者能跨越時空、地理與文化的差異，減少與文字的距離和陌生感，更容易進入故事的時空情境當中。書中的介紹讓讀者了解作者的生平與創作背後的故事；人物關係圖釐清了解各個角色之間的關係，譬如：《希臘神話》中的哪個天神和誰生下了誰，誰又是誰的兄弟姊妹，這個英雄又有何來頭，天神之間錯綜複雜的關係，一張人物關係圖就能幫助讀者腦筋不打結；故事場景和地圖則提供清晰的地理線索，不論是將來實地去故事誕生之地拜訪遊玩，或是在腦海中遨遊都格外有趣。這些林林總總的補充資料，我稱它們為「作品懶人包」，讓讀者無需上網一一去搜尋相關的背景資料，提供了一條深入了解作品的捷徑。

體驗經典的文字魅力

閱讀小木馬文學館一本又一本的世界名著時，我彷彿坐上時光機，回憶起與這些「變裝」後的世界名著相遇的點點滴滴。

《湯姆歷險記》以卡通的型態出現在老三臺的電視裡，吹著口哨的湯姆計誘朋友以珍藏的寶貝來換取刷油漆的工作，湯姆．索耶聰明淘氣的形象深深的烙印在我的腦海中；《紅髮安妮》每隔十幾年就被翻拍成電視劇或是電影《清秀佳人》；《格列佛遊記》藏身在國小的課文中，一年又一年，格列佛在課本裡，全身被釘住，上百支箭射向他；我在舞台上遇見了《莎士比亞故事集》中的羅密歐與茱麗葉；《悲慘世界》以音樂劇的形式在我的心中投下震憾彈；《偵探福爾摩斯》則讓年少的我躺在涼椅上抱著書不放，度過一整個暑假。我與希臘眾神的相遇則是在台東大學兒童文學研究所的「神話與童話」課堂中、在希臘愛琴海中的克里特島上。

小時候的我，看過「變裝」後的世界名著，現在再讀小木馬文學館以「書」的形式登場的這些名著時，著實被這些作品的文字魅力深深吸引住。「書」和卡通、電視電影等影音媒體大大不同，以水果來比喻的話，書就是水果，而卡通、電影是果汁。看書像是吃原味的水果，而看卡通、電影就像喝果汁，有些營養素不見了，口感也不同了！

比方說，在《湯姆歷險記》卡通裡，看不到馬克．吐溫寫的「不好的回憶就像寫在海灘上的字，幸福的大浪一捲來，馬上就消失無蹤。」在《清秀佳人》卡通裡，看不到「我現在來到人生的轉角了，雖然走過轉角後不知道前方會有什麼在等待著，但我相信一定是燦爛美好的未來，這又是另一種樂趣了。」這樣精采的字句，因此我誠心建議曾經與「變裝」世界名著相遇的人，千萬別錯過原著的文字世界。

閱讀，讓生命變得不同

小木馬文學館將這一系列世界名著的定位為「我的第一套世界文學——在故事中體驗冒險、正義、愛、歡笑與淚水」，兼具趣味性、易讀性、知識性、文學性，並展演出各式各樣的人性，冀望能為小讀者開啟人生第一道文學之門。我也極力推薦大人們和小朋友一起閱讀這系列書，一起聊聊書，在書中探索人心的神祕、奧妙與幽微之處，也一起認識這世界的種種不幸與美好。

法國的符號學者羅蘭．巴特說：「閱讀不是逐字念過而已，而是從一個層次進入另一個層次的過程。」

我也認為閱讀是一種化學變化，讀一本書之前和讀了一本書之後，讀者的生命將變得和原本不一樣了。看《悲慘世界》時，可以看到未婚生子的女工在底層環境裡養育孩子的辛苦，了解社會底層人士的生活樣貌；讀了《紅髮安妮》之後，也可以學習安妮正向樂觀的生活態度，對生活保持高度好奇心，並對周遭世界施以想像的魔法，讓世界變美麗！看《湯姆歷險記》時，才知道在現實生活中自己可能是乖乖牌席德，但內心其實很想扮演湯姆．索耶，偶爾淘氣、搗蛋、半夜去冒險。

書本能誘發我們的人生成長，而經典更絕對是最佳的催化劑。打開書吧，讓我們透過一本本世界文學經典的引領，進入生命的另一個層次！

前言
奇特的騎士冒險故事

在西班牙拉曼查的一個小村子裡，住著一位鄉紳，他讀了太多當時流行的騎士小說，也想和從前的騎士一樣，走出熟悉的生活圈、勇敢面對各種挑戰，於是說服住在附近的農夫桑丘當他的隨從，兩人一起踏上了冒險的旅途。

四百多年來，這個故事不僅在西班牙當地，同時也受到世界各國讀者的喜愛。說起《唐吉訶德》，每個人眼前都會立刻浮現主角自豪的騎上愛駒羅西南提（原意為千載難逢、稀世珍寶，但其實是一匹不怎麼樣的馬），為了打倒眼中的怪物，衝向一排風車的場景吧。

《唐吉訶德》的作者賽萬提斯出生於西班牙首都馬德里附近的小城鎮。成年以後，除了曾經加入海軍、被海盜俘虜，也曾入獄，和故事主角唐吉訶德一樣，有著波折的人生經歷。據說，《唐吉訶德》的故事正是他在獄中構思的。

這部作品原本並不是為了兒童而寫，然而世上的孩子們都樂於跟著書中主角走入騎士的世界，一起經歷一個又一個奇特的冒險故事。

現在，就讓我們也跟著唐吉訶德的腳步，一起去挑戰未知的事物吧！

第三次歷險

法國
巴斯克
納瓦拉
里歐哈
庇里牛斯山脈
安道爾
薩拉戈薩
亞拉岡
加泰隆尼亞
巴塞隆納
地中海
卡斯提亞
拉曼查
馬約卡島
瓦倫西亞
瓦倫西亞
拉曼查
莫西亞
莫西亞
唐吉訶德
的故事場景
阿爾及利亞

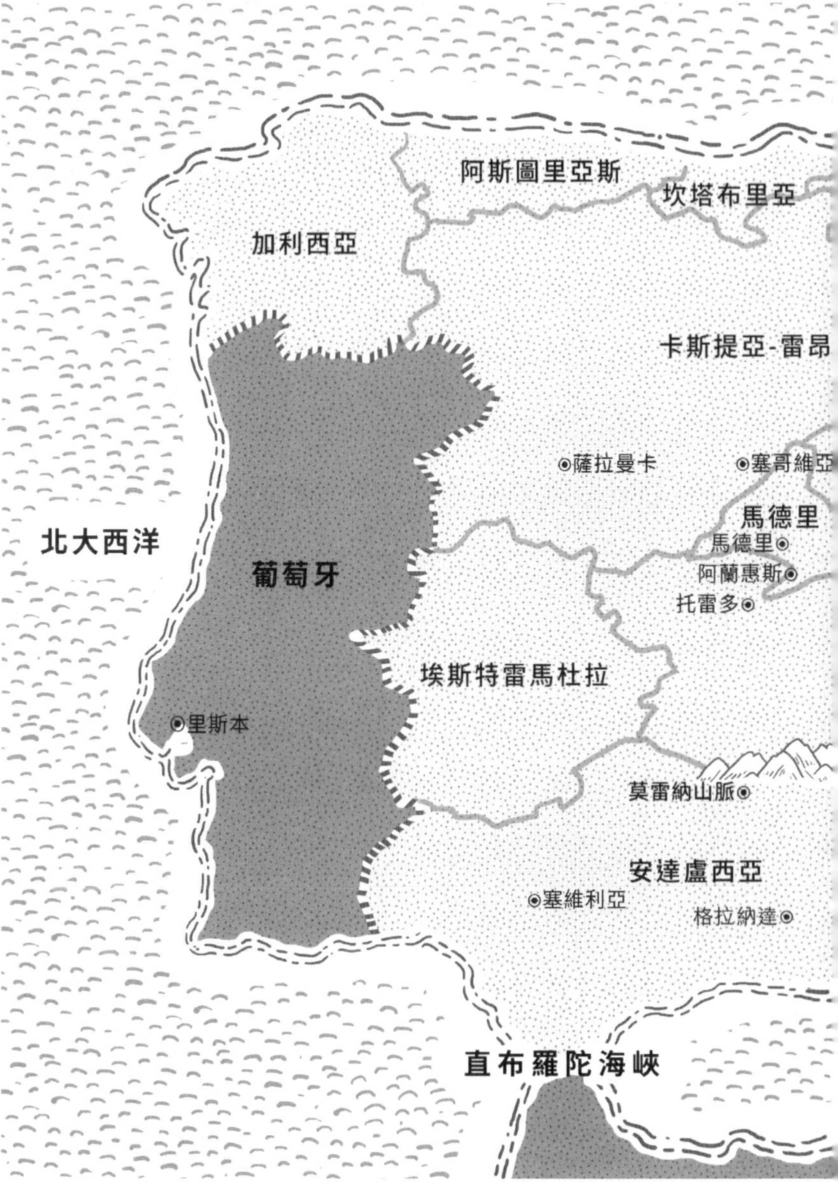
阿斯圖里亞斯
坎塔布里亞
加利西亞
卡斯提亞-雷昂
薩拉曼卡
塞哥維亞
馬德里
馬德里
阿蘭惠斯
托雷多
北大西洋
葡萄牙
埃斯特雷馬杜拉
里斯本
莫雷納山脈
安達盧西亞
塞維利亞
格拉納達
直布羅陀海峽

——唐吉訶德為我而生，一如我為他而生。

他擅於行動，而我擅於書寫，我們是一體的。

塞萬提斯

第一次歷險

唐吉訶德踏上旅程

從前，在**拉曼查**地區的某個村子裡——村名就不重要了——住著一位名叫吉哈達或是克薩達的**紳士**。他身材雖然瘦巴巴的，但非常硬朗；每天都早睡早起，而且很喜歡打獵。

這位老紳士年約五十歲，他有一支**長矛**、一面老舊的**盾牌**、一匹瘦馬和一隻獵犬，對一位紳士而言，這些都是很基本的裝備。不過，他相當貧窮，家裡的幫傭婆婆總要東拼西湊的，非常辛苦。他的三餐也吃得很簡樸，每餐都只有一小塊牛肉或羔羊肉，配上一點蔬菜。

由於紳士過著這樣的生活，和他住在一起的小姪女、年輕馬夫和幫傭婆婆也就過得更窮苦了。也多虧他們省吃儉用，這位紳士才能買上一件新衣服、一雙新鞋。

老紳士沒有什麼像樣的工作，大部分的時間都在讀當時流行的**騎士小說**。他一讀小說就停不下來，連喜歡的打獵、要交代田裡的工作都忘得一乾二淨。最後，他為了買下各式各樣的騎士小說，甚至變賣了一部分田地。老紳士把小說堆滿整個房間，足不出戶，不分晝夜的沉浸在流浪騎士的戰績裡。

也因為這樣，這位紳士的腦袋變得有點奇怪，他相信小說裡的虛構情節是真實存在的，甚至也想化身流浪騎士，去做一些能被寫成故事的大事。

這位可憐兮兮的老紳士心想，我要穿上**盔甲**、跨上駿馬，走遍世界各地，身陷各種危險之中，並且把壞人教訓一頓。說不定我還能成為統治一個國家的國王呢！

拉曼查（第19頁）
西班牙中部高原地區之名，意為「乾燥的土地」。該地區正如其名，不太有雨，夏酷熱冬嚴寒，日夜溫差劇烈，氣候條件嚴苛。（請參見卷頭地圖）

紳士（第19頁）
為貴族與平民之間的地主階級，沒有爵位，住在農村裡，以農為業。

心中出現這樣的想法之後，老紳士迫不及待的想立刻踏上流浪之旅。

然而，當他拿出盔甲一看，這下可糟了，那畢竟是好幾代以前的祖先傳下來的老舊盔甲，也不曾好好保養，多年來就這麼丟在閣樓的角落，首先必須把它擦乾淨才行。另外，他也不喜歡那頂頭盔，完全沒有頭盔該有的裝飾，只不過是一頂鐵做的帽子而已。

老紳士拿出厚紙板，為頭盔貼上裝飾。貼完之後，頭盔看起來總算像樣一點了。接著，老紳士想試試看這頂頭盔是不是能承受敵人的利**劍**攻擊，便拿起劍砍向頭盔。

沒想到一劍砍下，那些裝飾就全部粉碎，他整個星期的辛苦都白費了，頭盔又變回原來的鐵帽子。於是，

長矛（第19頁）
裝有尖刃的長柄武器。

盾牌（第19頁）
拿在手上用來抵擋武器攻擊，是一種保護身體的裝備。（參見第23頁「盔甲」圖）

老紳士多加了鐵條補強，重新為頭盔貼上堅固的裝飾。只不過，他不想再試砍一次，就這麼戴在頭上，認為這樣已經夠堅固了。

接著，他去查看那匹瘦馬。那是一匹渾身是傷、狀況很糟的馬。不過，老紳士已經被騎士故事沖昏了頭，在他眼裡，這匹馬比**亞歷山大大帝**有名的坐騎布西發拉斯更加英挺。既然是匹駿馬，就該配上一個響亮的名字。老紳士絞盡腦汁想了四天，終於想到了，他替馬取名為羅西南提。

這麼一來，連老紳士自己也想取一個帥氣的名字了。基哈達或克薩達聽起來不像騎士的名字，於是他又想了一個星期，決定自稱**唐吉訶德**，還在名字後面加上出生地，成了唐吉訶德．拉曼查。這樣不但聽起來像騎

騎士小說（第20頁）

騎士是歐洲中世紀時，受過正規軍事訓練騎兵，在國王或貴族的軍隊中服役，領有土地，是封建階級中的最低階層。騎士小說則是以騎士為主角的小說，十五世紀末到十六世紀末在西班牙非常盛行，故事內容主要是描寫騎士如何對抗怪獸和魔法、拯救公主。

士，也能提高家鄉的知名度。

現在盔甲已經擦乾淨、鐵帽子變成像樣的頭盔、自己和馬兒也有響亮的名字了，美中不足的是，還沒有一位能讓自己奉獻生命的高貴女性。連一位讓他傾心、高貴美麗的女性都沒有，流浪騎士可不能活得這麼無趣，像一棵不開花、也不結果實的枯樹。

唐吉訶德．拉曼查騎士在心中設想各種情節：

「如果我在流浪途中遇到巨人，單槍匹馬打敗了他，這時候當然需要一位高貴的女性，讓我把巨人當作**俘虜**獻給她。這樣一來，就能讓巨人畢恭畢敬的跪在她面前稟報：

『夫人，在下名叫克拉庫里安布羅，是馬林德拉尼亞島的君王，因為敗給大名鼎鼎的唐吉訶德騎士，被送

盔甲（第20頁）

金屬製的護具。「盔」用來保護頭部，而「甲」用來保護身體。

來夫人跟前，請夫人儘管使喚在下吧』。」

唐吉訶德試著回想身邊有沒有這麼一位高貴的女性。值得高興的是，他想到一位非常美麗的農家姑娘，就住在附近的村子裡，是這位老紳士曾經偷偷暗戀的對象。不過，他不喜歡那個姑娘的名字。阿爾唐薩·羅蘭索聽起來一點都不像高貴的女性。唐吉訶德左思右想，由於農家姑娘出生於托波索，決定替她改名為杜爾西內亞·台爾·托波索，唐吉訶德覺得這個名字既響亮、又高貴。

一切準備就緒之後，唐吉訶德再也等不及了。他獨自穿上盔甲、佩好劍，手裡緊握著長矛和盾牌，然後跨上羅西南提，立刻動身踏上旅程。

劍（第21頁）

用來砍殺敵人的武器。傳說中，騎士的劍上都棲息著神秘的力量，因此被視為貴重的武器。冊封騎士時，也有以劍輕觸受封者左肩的儀式。

穿過狹窄的後門、奔向原野後，唐吉訶德對於自己期盼的第一步進行得如此順利，心裡感到非常高興。不過，才走沒幾步，他發現還有一件事他完全忽略了，那就是他只是自稱騎士而已，並沒有獲得任何人的正式認可。根據**騎士精神**，如果不是正式的騎士，就不能拿武器和其他騎士對戰。唐吉訶德心想，這下可麻煩了。

幸好，這位騎士的腦袋有點不正常，他立刻念頭一轉：「沒關係，我只要請途中遇到的第一個人封我為騎士就可以了。騎士小說裡，也經常提到這樣的情節呢。」想到這裡，他就放心了，隨著羅西南提的腳步，展開冒險之旅。

亞歷山大大帝（第22頁）
馬其頓王國（地理位置約在現今希臘北方）國王，建立了橫跨歐、亞、非三洲的大帝國。

唐吉訶德（第22頁）
原文為「Don Quijote」。「Don」在西班牙文中是對男性的尊稱，「Quijote」則是盔甲覆蓋大腿的部分。

俘虜（第23頁）
被敵方抓住的人。

旅館裡的千金小姐

七月炙熱的陽光，毫不留情的照在這位身穿厚重盔甲、瘦巴巴的騎士身上。騎士雖然覺得這樣的高溫非常難受，卻也認為這是上天在考驗他的毅力，於是仍馬不停蹄的繼續趕路。

只是，到了傍晚，再怎麼有毅力的騎士、再怎麼強壯的馬兒，也因為飢餓和疲勞，體力不支了。唐吉訶德環顧四周，看看附近有沒有可以讓他留宿的**城堡**。忽然間，他看見離道路不遠處有一棟建築物。那只不過是一間簡陋的旅館，然而在唐吉訶德眼中，看起來卻像一座有高**塔**、**護城河**和**吊橋**的氣派城堡。

唐吉訶德靠近那間簡陋的旅館，拉住羅西南提的韁繩。他等著塔上的衛兵探出頭來，吹奏喇叭，通知城堡裡的人有騎士蒞臨，可是等了好久，卻一點動靜都沒有。等得不耐煩的羅西南提一直想往馬廄的方向走，唐吉訶德只好不等人通知，策馬直直走向旅館門口。

旅館門口站著兩名女侍。在唐吉訶德眼中，她們就像是在城門口玩耍、身分高貴的千金小姐。這時，附近田裡的養豬人家剛好吹起**號角**，把放養的豬隻集合起來。唐吉訶德以為那就是高塔上的衛兵吹起的信號，意氣風發的朝那兩位千金小姐走去。

兩名女侍看見這個身穿盔甲的奇怪男人，嚇得驚慌失措，想要回到旅館裡。唐吉訶德把垂在頭盔前面、用厚紙板做成的**面罩**掀開，露出滿是灰塵的臉，高聲說：

「噢，兩位小姐，您毋需逃跑，在下是一名騎士。

騎士精神（第26頁）

騎士必須遵守的行為標準，例如勇敢、虔誠、重視禮儀和名譽。

根據騎士精神，在下絕不會危害高貴的千金小姐。」

兩名女侍聽到「千金小姐」這樣的稱呼，重新端詳這個奇怪的人，然後噗哧一聲笑了出來。她們的笑法相當失禮，惹得唐吉訶德有點惱羞成怒。他說：

「美人應該要端莊的笑，才稱得上是美人。莫名其妙的發出笑聲，更是萬分失禮。不過，在下這麼說，完全沒有要冒犯的意思，在下只是一心一意想侍奉兩位而已。」

兩名女侍越來越聽不懂這個人到底在說什麼，她們笑得比剛才更大聲了。到了這個地步，唐吉訶德也終於忍不住怒火，想拔劍出來。還好這時，旅館的老闆出現了。這位老闆身材圓滾滾的，個兒不高，他看見騎士的

城堡（第27頁）

主要為防禦敵人入侵而蓋的建築物。城牆通常由石頭堆砌而成，四周圍繞著護城河。

樣子也差一點笑出來，好不容易才忍住了。他畢恭畢敬的對騎士說：

「歡迎光臨，騎士先生。如果您在尋找過夜的地方，就快請進來吧。我這裡除了床，其他也都應有盡有。」

唐吉訶德當然深信這位旅館老闆就是城堡的主人，立刻回應：

「城主大人，在下怎麼樣都無所謂，只要有戰鬥用的武器，其他什麼都不需要。」

旅館老闆聽見城主這個稱呼，心中微微一驚。幸而，老闆也是個喜歡開玩笑的人，於是順著唐吉訶德的話回答：

「如果是這樣，寒舍是最適合您的了。請您下馬，

塔（第27頁）
城堡或教堂常見的結構。外觀細而高聳，方便監視敵人的行動或讓鐘聲能夠傳到遠方。

護城河（第27頁）
為了阻擋敵人，在城堡四周挖掘出河道，注水。

吊橋（第27頁）
設在城堡入口，不使用時可以用繩索收起的橋。

進屋裡來吧。」

唐吉訶德聽了老闆這一番話，就從馬背上下來。把馬交給老闆的時候，特別交代這匹馬是世上罕見的名駒，還請多加照顧。然而，在旅館老闆看來，這匹馬怎麼也不像騎士口中自誇的名駒，不過，還是先把馬牽到馬廄去了。老闆回來之後，唐吉訶德也不再和兩名女侍計較，讓她們幫他脫下盔甲。她們花了好長一段時間，好不容易把騎士身上的盔甲脫下、腰間的劍解開。然而，要怎麼脫下那頂亂七八糟的頭盔，她們完全摸不著頭緒。後來才發現，必須把牢牢綁在頭上的綠色繩子解開，才能脫下頭盔。怎料那個結是一個死結，怎樣也解不開，最後，唐吉訶德只好放棄，決定就這樣戴著頭

號角（第28頁）

盔。兩名女侍看見他那可笑的樣子，一邊偷笑，一邊問他想吃點什麼。

「有什麼我就吃什麼。肚子一餓，連頭盔也變得沉重了呢。」

旅館裡也只有乾巴巴的鱈魚乾，不然就是比頭盔的顏色還深的**黑麵包**，都是一些寒酸的食物。兩名女侍把食物端來之後，又發生一件讓她們捧腹大笑的事。由於把臉完全包住的頭盔太礙事，這位騎士光靠自己根本就沒辦法吃下任何東西，兩名女侍只好幫忙把食物放進騎士嘴裡。可是，無論怎麼試飲料都會灑出來，怎樣都喝不成。要不是旅館老闆用打通竹節的竹筒當作漏斗，放進騎士口中，騎士可能連一滴**葡萄酒**都喝不到吧。

面罩（第28頁）
用來保護臉部，是頭盔的一部份。為了能看見前方，眼睛的部分是挖空的。

黑麵包
主要由裸麥和麵粉製成，烘焙後的顏色較深，在很

折騰了一番，總算可以用餐時，養豬人家剛好經過，吹了好幾聲號角。在唐吉訶德耳裡，就像在為這場氣派的城堡晚宴增添熱鬧氣氛，是極為美妙的音樂。不僅黑麵包看起來像高級的麵包，連旅館老闆也越看越像貴氣的城主了。浪跡天涯竟是如此美妙的事，唐吉訶德感到相當滿意。

然而，仍有一件事懸在心上——還沒有任何人承認他是一名騎士。

久以前多為農工階級的食物，相對的，白麵包一般是以小麥麵粉製成，多為貴族、富有的人食用。

葡萄酒
以葡萄釀的酒，發源於西元前二一〇〇年、兩河流域一帶。粗略區分的話，使用帶皮葡萄榨汁釀造的是紅葡萄酒，去皮榨汁釀造的則是白葡萄酒。

第一場冒險

「真想早點成為正式的騎士。」

一想到這件事，唐吉訶德等不及吃完飯，立刻拉著旅館老闆的手，把老闆帶到馬廄去，在老闆面前跪下，恭敬的說：

「高貴又英勇的城主大人，請您務必答應在下的請求。在您答應之前，在下會一直跪在這裡。」

旅館老闆滿臉驚訝，啞口無言，總之先點頭答應就是了。

「我的請求只有一個·希望您明天早上就封在下為騎士。為了這件事，在下今晚願意擔任這座城堡的守衛，徹夜看守。」

前面也提過了，這位旅館老闆喜歡開玩笑，他想趁機戲弄這位傻裡傻氣的客人，於是嚴肅的回答：

「我知道了，明天早上就封您為騎士。至於守夜，我並不希望您這麼做。不過，如果您堅持，就請您待在城堡的中庭吧。對了，這位客人，如果您身上帶著錢的話，請您拿出來付。」

「在下身上沒有錢。」唐吉訶德回答：

「在下讀過這麼多騎士小說，書裡從來沒出現帶著錢流浪的騎士。」

「那樣是不對的，這位客人。」旅館老闆又說：

「騎士小說之所以沒有提到錢的事，因為那是每個人都知道的常識。為了以防萬一，流浪騎士一定會隨身攜帶裝滿錢的錢包，以及裝著乾淨的換洗衣物、創傷藥等物品的袋子。給您一個忠告，請不要不帶錢就出門冒險，有突發狀況的時候，錢是最有用的東西了。」

唐吉訶德和旅館老闆約定，以後一定會照他的話做。事情說定之後，唐吉訶德就到中庭去守夜了。他把盔甲放在一旁，手拿長矛和盾牌，來回巡視著。

旅館老闆回到店裡後，把這位騎士的怪異行徑，鉅細靡遺的告訴店裡的客人。大家聽完都想親眼瞧瞧，於是從遠處偷看中庭裡的騎士。只見騎士在月光下來回踱步，偶爾把長矛當成手杖，站著不動。他一臉滿足，注視著一旁的盔甲。

這時，剛好有一位在旅館投宿的馬夫要餵馬喝水。馬夫來到水桶旁邊，想把唐吉訶德放在水桶上的盔甲移開。唐吉訶德見狀，毫不客氣的走到馬夫身旁喝斥：

「快給我住手！你這可惡的傢伙。就算對方是大名鼎鼎的騎士，勇者如我，也不會讓人碰我的盔甲！想活命的話就給我住手！」

馬夫一點都不想理唐吉訶德說的話，拿起水桶上面的盔甲就扔到角落。只見唐吉訶德望向天空，心裡想著美麗高貴的杜爾西內亞，口中念念有詞：

「哦，我親愛的公主啊！這是我的第一場戰鬥，請賜給我力量吧！」

說完之後，唐吉訶德扔掉盾牌、手執長矛，奮力刺向馬夫。馬夫受到這一擊，倒地不起，昏厥過去了。唐吉訶德把盔甲放回水桶上面，又像剛才一樣，在中庭來回巡視。

之後，另一位不知情的馬夫拉著馬靠近，也想餵馬喝水。馬夫正想移開水桶上的盔甲時，這次，唐吉訶德什麼也沒說，再度扔掉盾牌、手執長矛，刺向這位倒楣的馬夫。

馬夫發出一聲慘叫。老闆和旅館裡的客人聽見後，紛紛趕了過來。唐吉訶德急忙撿起盾牌、握著劍，大聲說道：

「哦，我高貴的公主啊！請瞧瞧我被眾多敵人包圍的英姿！請賜給我這雙軟弱的手臂力量吧！」

說完之後，唐吉訶德感覺身體裡不斷湧現勇氣，就算整個西班牙的馬夫一起攻上來，他也不會退縮。然而，其他馬夫知道夥伴遭到攻擊，紛紛撿起石頭，從遠處丟向唐吉訶德。唐吉訶德雖然舉起盾牌拚命抵擋，可又為了不讓重要的盔甲被人拿走，他無法離開水桶一步，因此陷入了苦戰。

唐吉訶德怒火中燒，明明城主就在一旁，為何自己還會受到這麼無禮的對待？他嘴裡不斷咒罵。再這樣下去，事情會越來越難收拾。於是，旅館老闆走進中庭，安撫客人的情緒。他心想，雖然早了點，最好趕快將那個奇怪的客人封為騎士。

老闆慢慢走近唐吉訶德，非常禮貌的說明自己對這件事並不知情，也為他的侍從無禮的行為道歉。老闆對唐吉訶德說：「現在我們已經知道您的實力了，如果可以的話，我想立刻封您為騎士。」唐吉訶德接受城主的道歉，並且說如果現在就能受封為騎士，願意原諒眾人無禮的行為。

旅館老闆一心想盡快打發這位莫名其妙的客人，於是去拿授予騎士位階要用的書。其實，老闆拿來的書本是一本帳簿，寫著馬夫**賒欠**稻草和**燕麥**的款項。見證者則是先前那兩名女侍。老闆把旅館的馬僮叫來，讓他拿著燒短的蠟燭，嚴肅的走到唐吉訶德身邊。

老闆命令唐吉訶德跪下，看著剛才那本帳簿，口中念著這種情況下一貫會說的辭語，邊舉起一隻手，朝唐吉訶德的後頸用力一擊。接著，老闆手握長劍，重重朝唐吉訶德的肩膀揮下。當然，那只是做做樣子而已。就這樣，授予騎士位階的儀式完成了。

老闆吩咐其中一名女侍，為這位新受封的騎士大人佩掛長劍。女侍忍住笑，一臉正經的為唐吉訶德佩劍。

另一名女侍則是為這位新科騎士備馬，以便他能隨時啟程。女子對他說：

「但願有了神的恩賜，您能成為一名英勇的騎士、百戰百勝。」

唐吉訶德終於成為一位貨真價實的騎士。這一夜，他高興得徹夜未眠，等不及天亮，就跨上羅西南

賒欠

買東西延期付帳。是古時候商店和客人之間一種基於信任而產生的交易方式。賒，音ㄕㄜ。

燕麥

一種糧食植物，可做為牛、馬等家畜的飼料，去殼之後也可以做成燕麥粥。

提，準備出發。他向旅館老闆說了一些莫名其妙的話表達感謝，之後就離開了。老闆也想趕快打發這個奇怪的人，連住宿費都沒收，趕緊送他出門。

騎士先生落馬

已正式成為騎士的唐吉訶德興高采烈的策馬前行。他想起旅館老闆的忠告，應該要帶著錢和換洗的衣服上路，以備不時之需。於是，唐吉訶德決定先回家一趟，把該帶的東西準備好，最好還能找一位隨從跟他一起上路。他打算說服住在附近的窮農夫來幫他提東西。

走著走著，突然聽到附近的樹叢裡有女人的哭聲。唐吉訶德心想：

「老天真是太眷顧我了，這麼快就讓我有機會表現。那位女性一定是遭遇到不幸，正在向我求救。」

唐吉訶德讓羅西南提朝哭聲傳來的方向前進。沒多久，他看見一棵樹下拴著一匹馬，另一邊，卻是一名上身赤裸的少年被綁在樹上，還有個農夫正一鞭一鞭的抽打他，每抽一鞭，少年就哭著求饒：

「我再也不敢了，主人。我不會再犯了，以後我一定會把羊看好。」

唐吉訶德看見這麼過分的事，滿腔怒火，大喝道：

「快住手！你這個無賴，居然鞭打年幼的孩子，真是太不像話了！現在馬上把那孩子身上的繩索解開！」

農夫沒想到樹叢裡會有人出現，還穿著古怪的盔甲，嚇得不敢輕舉妄動，老老實實的回話：

「騎士大人，這孩子是我僱來的牧僮，不過他牧羊的時候不認真，每天都弄丟一頭羊。我是為了矯正這小子迷糊的個性，才給他點教訓，沒想到這小子居然胡扯，說我是因為不想付他工錢才打他，這可是天大的謊言啊。」

「依我看，你才胡扯！居然敢在本騎士面前撒謊，如果你不馬上把還沒付清的工錢付給那孩子，本騎士就要代替空中閃耀的太陽，用這支長矛來懲罰你了。廢話少說，快把繩索解開！」

農夫只好心不甘情不願的照做了。

唐吉訶德問少年：

「孩子，你的工錢還有多少沒付清？」

「一個月七**里爾**，已經累積九個月沒付了。」

唐吉訶德轉向農夫，威脅他立刻把錢付了，否則小命不保。

「可是，騎士大人，請容我說一句，累積沒付的工錢並沒有這麼多，應該要扣掉我幫這孩子買的三雙鞋，還有他生病時的醫藥費才行啊。」

「原來如此，你說得也有道理。」唐吉訶德說：「不過，你剛才已經狠狠打過他了，那些應該扣掉的錢，也就一筆勾消了。」

里爾
西班牙的舊貨幣「披索」流通前所使用的貨幣單位。目前西班牙使用歐元。

「好吧。可是，騎士大人，我現在身上一毛錢也沒有。總之，我先帶這孩子一起回家去，之後，我保證會把沒付清的工錢，一毛不差的付給他。」

「要我跟主人一起回去？」少年嚇得大喊：

「別開玩笑了！如果只有我跟主人兩個人，這次他真的會把我的皮剝下來。」

「不會的，」唐吉訶德說：

「他已經遵照騎士精神，把你身上的繩索解開，也發誓要把工錢付給你了。」

「可是，騎士大人，」少年說：「我的主人並不是騎士，他不會遵守承諾的。」

「你就相信他吧。」唐吉訶德擺出騎士的架子，然後轉過頭，一臉嚴肅的對農夫說：

「如果你不遵守承諾，本騎士一定會再回來懲罰你。我是英勇的騎士唐吉訶德．拉曼查，我絕對不會放過作惡之人，你可別忘了。」

這位騎士說完，立刻拿起馬鞭揮打羅西南提，從兩人眼前消失了。

於是，農夫對少年說：

「好吧，我現在就照那位嫉惡如仇的騎士大人所說，把欠你的東西都還給你。」

農夫說完，又把少年牢牢綁在樹上，狠狠抽了幾鞭，不懷好意的笑著對他說：

「你想去找那位英勇的騎士大人就去吧！叫他來保護你啊。」

另一方面，唐吉訶德對自己剛才的英勇行為感到非常滿意，悠哉的騎著羅西南提揚長而去。這時，他看見道路前方有一群人，遠遠的朝他走來。他們是要去莫西亞採購絲綢的托雷多商人，這位流浪騎士卻認為那群人想阻擋他的去路，大聲叫他們停下來：

「站住、站住。如果你們不對我那美麗的杜爾西內亞·台爾·托波索公主展現敬意，就休想從我這裡通過。」

這群商人被眼前突然出現的人嚇呆了。他們心想這傢伙應該是腦袋不太正常，從頭到腳仔細打量這位騎士。不過，沒有人知道該怎麼辦才好。

這時，商人裡有個喜歡開玩笑的人回答：

「騎士先生，我們不知道你口中說的公主到底是誰，請讓我們和那位公主見上一面，或許我們就會對她產生敬意了。」

「各位，任誰見到公主都會對她產生虔敬之心。不過最重要的是，在沒有見到公主之前就要相信她擁有美貌，就要對她懷著敬意。如果你們不願意的話，本騎士只好用這把長矛給你們一點顏色瞧瞧了。來吧，像個騎士，一個一個上吧！就算你們一起攻上來，我也不會退縮的。」

於是，剛才那位喜歡開玩笑的商人，又和騎士對答了幾句，漸漸的，他**揶揄**起這位奇怪的騎士。其他商人聽見兩人奇妙的對話，也忍不住笑了出來。唐吉訶德終

揶揄
音ㄧㄝˊㄩˊ，嘲笑別人。

於忍無可忍，舉起手中的長矛，就要刺向那名無禮的商人。

不料，羅西南提因為主人突如其來的舉動，一時腿軟，膝蓋一彎就倒下了。唐吉訶德也就從馬上摔了下來。這一摔，致使唐吉訶德沒辦法立刻爬起來；他手裡的長矛和盾牌很重，身上的盔甲也相當有分量，一時動彈不得。雖然如此狼狽，當他看見那群商人們又繼續趕路時，仍不斷大聲斥責：

「休想逃跑！你們這些卑鄙的傢伙。站住，給我站住！」

其中一名商人聽見之後，忍不住想給這個口出狂言的人一點教訓。他走近唐吉訶德，搶走長矛，用力折成好幾截，並拿起其中一截，往唐吉訶德身上沒有盔甲保護的地方狠狠打了一頓之後，和其他夥伴有說有笑的離開了。唐吉訶德先是從馬背上摔了下來，又加上被斷矛毆打的疼痛，已經爬也爬不起來，只能倒在路中間，不斷痛苦呻吟。

唐吉訶德發現自己怎樣也爬不起來，只好安慰自己，這在流浪騎士身上可是家常便飯，接著唱起悲傷的**騎士歌謠**。

唐吉訶德唱到一半，剛好有一位賣麵粉的商人經過。麵粉商人看見有人身受重傷倒在路中央，便走近問問發生了什麼事。然而，唐吉訶德認定這位麵粉商人就是自己的叔叔曼切華**侯爵**，於是用唱歌的方式，說明自己的狀況。

麵粉商人越聽越糊塗，只好先把他的頭盔面罩掀開，幫他擦掉臉上的灰塵。麵粉商人這才認出這個可憐人是住在鄰近村子的紳士。

「唉呀，這不是基哈達先生嘛！到底是誰把你傷成這樣的？」

騎士先生依然唱著歌回答。善良的麵粉商人費了一番功夫，才幫他脫下盔甲、檢查傷勢，可是盔甲底下卻一點傷也沒有。麵粉商人只好又幫他穿回盔甲，扶他上馬，還把斷成好幾截的長矛都撿起來。

就這樣，唐吉訶德讓麵粉商人牽著羅西南提，總算在傍晚時回到家了。回家一看，家裡正鬧哄哄的。原來是唐吉訶德最要好的朋友——村裡的神父和**理髮師**來了。家裡的幫傭婆婆正對著兩人氣急敗壞的說：

「我們家主人到底怎麼了？他穿上盔甲，拿著長矛騎馬出門之後，已經三天沒有回家了，一定是那些可惡的小說害的。因為那些小說，主人的腦袋變得不正常了。我想起來了，主人之前說過，他想成為流浪騎士，環遊世界、嘗試各種冒險。主人的頭腦可稱得上是拉曼

騎士歌謠（第49頁）
在當時的西班牙，很流行以詩的形式寫下騎士的故事，再搭配曲調，就成為既可以朗讀、也可以唱誦的民謠。

侯爵（第49頁）
貴族階級的一種，比公爵的地位低，但比伯爵、子爵和男爵高。

查一地最聰明的，現在居然變得如此瘋狂。那些不祥的小說根本就是惡魔送來的！」

唐吉訶德的小姪女也在一旁接下去說：

「叔叔一天到晚讀小說，有時還會突然把書丟開，揮劍對著牆壁亂砍亂殺。砍累了之後，就說他已經擊退四個高塔般的巨人了，還說額頭上流的汗是血。要是能在叔叔變成這樣之前先跟各位商量就好了，我真想把那些小說全部燒光。」

「說得沒錯。」

這時，門口突然傳來一聲大喊，原來是麵粉商人喊著：

「舉世聞名的騎士唐吉訶德．拉曼查大人回來了。」

理髮師

當時，理髮師不只拿剪刀替人理髮，也拿起手術刀兼任外科醫師。在理髮店前常可以看到紅、藍、白三色相間、不斷旋轉的招牌，這三色即分別代表了動脈、靜脈和包紮用的繃帶。

快把門打開。」

大家急忙出門迎接。於是，騎士在馬背上說：

「大家免禮。我因為馬失了蹄，害我受了重傷。快把我扶到床上，請巫女烏干達來為我療傷。」

「唉，主人。」幫傭婆婆說：

「您還在說什麼巫女烏干達啊？我才不會去找那種來路不明的人來呢。真是的，那些騎士小說真是害人不淺。」

大家合力把騎士抬到床上，想先幫他處理傷口，才發現他身上到處都是瘀青。

大家正驚訝得說不出話的時候，騎士開口了：

「這些傷是我和巨人戰鬥的時候，羅西南提這笨馬跌倒，把我摔出去，才弄成這樣的。」

「原來如此。」神父說：

「這麼說來，附近有巨人出沒囉？唉，我看明天早上一定要把那些小說燒掉才行。」

大家又向躺在床上的唐吉訶德問了許多問題，他卻只是不斷重複說著想吃東西、讓我休息吧，什麼也沒回答。大家只好照他說的做。唐吉訶德睡著之後，神父向麵粉商人詢問事情經過，終於大致了解是怎麼回事了。

隔天早上，趁唐吉訶德還沒睡醒，神父和理髮師向幫傭婆婆借來鑰匙，進入那間堆滿小說的書房。只見房裡的書有大有小、有厚有薄，有的精美、有的粗糙。用堆積如山來形容，真是再適合不過了。幫傭婆婆立刻拿來一個裝滿水的容器：

「這裡面裝的是**聖水**，請灑在書上，把書中的惡魔都趕走吧。」

聖水
基督教儀式中，用來淨化不潔之物的水。

神父一面說沒必要這麼做，一面又說裡面也許會有好書，他想一本一本檢查內容。唐吉訶德的姪女在一旁開口道：

「請不用檢查了，這些都是壞書，一本都不能放過，還是快快把書堆在庭院的角落，放火燒了吧。」

眾人立刻動手，把書一本一本從窗戶丟出去，真的對書處以火刑。隨後又把房門封起來，打算對唐吉訶德說是**魔法師**把房間裡的書全部搬走的。

這時，唐吉訶德終於睡醒了。他起床後，又準備去那間書房看小說，但是房門已經被封死了，他只好把幫傭婆婆叫來。幫傭婆婆臉不紅氣不喘的說了魔法師的事：

魔法師
擁有神奇力量的人，能夠實現不可思議的事。當時的人認為，拋棄基督教信仰和惡魔締結契約，成為惡魔的僕人，就可以獲得使用魔法的能力。

「那位魔法師還說『我的名字叫穆尼亞多』呢。」
「是佛雷斯多嗎？」唐吉訶德反問。
「唉呀，總之我記得最後一個字是多。」
「那就是了。魔法師佛雷斯多是我的宿敵，那傢伙利用魔法的力量，能預知未來。也就是說，他一定知道我不久之後會成為一名出色的騎士，還會打敗他的同夥。」
姪女忍不住問：
「叔叔啊，為什麼您要做這麼奇怪的事呢？與其到處去冒險，老老實實待在家不是比較好嗎？」
「小孩子不懂就別插嘴。」唐吉訶德有點不高興。
在那之後的十五天，這位騎士先生都很老實的待在家裡，只不過，他仍然常常對神父和理髮師提起流浪騎士的話題，他認為不久之後就會像從前的輝煌時代一樣，有越來越多流浪騎士出現。神父為了不惹這位朋友生氣，也會適度的附和他，沒有一味反對。

剛好在這段期間，唐吉訶德看中了一名鄰人，他偷偷遊說對方來當流浪騎士的隨從，跟他一起出去旅行。這名男子叫做桑丘·潘薩，是個善良的農夫，只不過頭腦有一點遲鈍。桑丘聽這位紳士說可以讓他當上某座小島的島主，於是決定跟隨地一起出門。而唐吉訶德為了盡快湊齊旅費，變賣、**典當**家裡值錢的東西，終於準備好足夠的錢。接著，他把出發的日期和時間告訴桑丘，叮嚀他要記得帶上裝了葡萄酒的皮囊。

桑丘說，他會準備好旅行要用的東西，但他還不習慣出遠門，所以想帶著他的**驢子**一起上路。聽到桑丘要帶驢子，唐吉訶德面有難色。他讀過這麼多騎士小

典當

把自己擁有的物品交給當鋪，換取等值的金錢。如果能償還借款，就可以取回物品。

驢子

說，從來沒有一位流浪騎士的隨從是騎著驢子的。不過，唐吉訶德決定照計畫進行，稍後只要在路上遇到第一個騎士，奪取對方的馬，再把馬送給桑丘就行了。

到了半夜，大家都睡熟了，這兩人沒有向任何人辭行就離開他們的故鄉，隔天早上，已經來到離村子好遠的地方了。

第二次歷險

大戰風車

唐吉訶德為了避免迷路，選擇和上次同樣的路線，不同的是這次有桑丘跟著。桑丘的驢子背著裝滿酒的皮囊，和其他可能用得上的物品。桑丘感覺自己好像已經成為某座小島的島主了。但是，當他再仔細多想了幾回，便開始懷疑事情是否真的會這麼順利。於是，桑丘忍不住又問了唐吉訶德一次：

「我說，騎士大人啊，您千萬別忘記跟我之間的約定喔，不管是多麼大的島交給我，我都會好好管理的。」

「約好的事，我一定會做到。」唐吉訶德自豪的說：

「更何況，把小島或國家這些戰利品交給隨從打理，自己接著下一趟旅程，這已經是流浪騎士的慣例了，我也打算照例行事。話說要在六天之內拿下一個包含

四、五個小國的大王國，也不稀奇。到時候，你就會成為某座城堡的城主了。」

「若真的能託您的福，讓我成為國王的話……」桑丘接著說：

「那我老婆就是皇后，我的小孩就是王子了。」

「你懷疑我說的話嗎？」

「這……我是有點懷疑啦。就算上天像下雨一般的讓王國從天而降，我家那個黃臉婆，她的頭就像顆南瓜，根本不適合戴皇冠。再說，她本來就不是當皇后的命，頂多能當個伯爵夫人吧。就算是伯爵夫人，那也是天大的恩惠了。」

「你就誠心向上天祈禱吧。」唐吉訶德說：

「上天一定會賜給你的妻子最適合她的地位。不過，桑丘啊，你千萬不能滿足於那麼小的願望喔。在旅途前方等著你的，不是鄉下的小村莊，而是遼闊的大王國啊。」

「原來如此，您說得是，跟著像您這麼出色的主人，我就放心了。」

正當他們聊得起勁的時候，兩人看見原野上有好多**風車**一字排開、**矗立**著。唐吉訶德興奮的對桑丘說：

「桑丘，快看啊！我們真幸運，這麼快就遇到對手了。你看那裡，有三十個巨人想要阻擋我們的去路呢。我要把他們全都擊敗，獻給我美麗的杜爾西內亞公主。」

「主人，您說的巨人在哪裡啊？」桑丘問道。

「就在那裡啊！難道你沒看見那些手臂長得要命的傢伙嗎？」

聽了唐吉訶德的話，桑丘驚訝的說：

「主人，那些是風車不是您說的巨人啊。您說的長手臂，只是風車的扇葉，用來使底下的**石磨**轉動的。」

唐吉訶德馬上反駁：

風車
一種動力裝置。以風力使扇葉轉動，再帶動機械碾碎穀物、引水灌溉。

矗立
矗，音ㄔㄨˋ，高聳直立。

「你還不曉得流浪騎士的冒險是怎麼一回事，才會說出這種話。如果你害怕的話，就留在這裡，好好看著我上戰場的英姿吧。」

「可是，主人……」

唐吉訶德不等桑丘說完，揮起手上的馬鞭，勇猛的衝向風車。這名騎士堅信自己的對手是巨人，大聲嚷道：

「你們這些巨人，一個都別想逃跑！我一個就能收拾你們。」

這時，正好吹起一陣風，風車的大扇葉轉動了起來。看見風車動了，唐吉訶德認為對手也有意一決高下，於是把長矛挾在腋下，揮鞭鞭打羅西南提，一鼓作

石磨（第63頁）
將米或麥等穀物磨成粉末的器具。

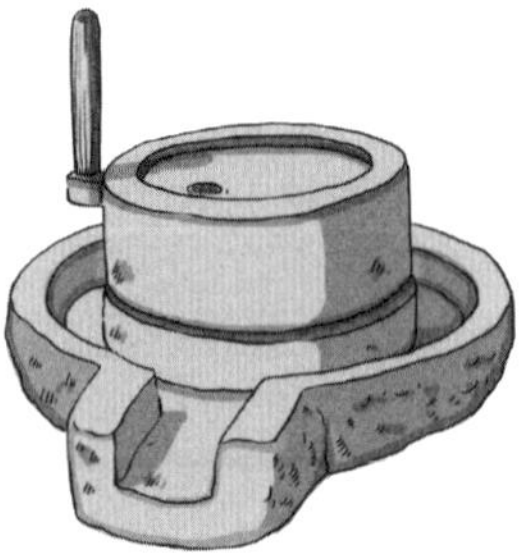

氣朝風車前進。

然而，當唐吉訶德舉起長矛，用力刺向巨人手臂的時候，突然一陣強風吹來，風車的扇葉快速轉動，不但把唐吉訶德的長矛絞得粉碎，還把他連人帶馬甩了出去，重重摔在地上。

桑丘見狀，倉皇騎著驢子奔了過去，看到他的騎士主人倒在地上一動也不動，痛苦呻吟著。

「唉呀，我說，這流浪騎士的冒險還真奇特啊。」

桑丘嘴裡發著牢騷，趕忙上前扶唐吉訶德起來，接著便著手去準備午餐。不過，他的騎士主人說還不餓，桑丘也樂得輕鬆，自己喝起酒來了。

那天晚上，兩人就在林子裡過夜。唐吉訶德在樹林裡挑了一根樹枝，代替長矛的柄，把矛尖裝上。一整個晚上，唐吉訶德都在幻想著杜爾西內亞公主的種種。當然，隨從桑丘根本不用煩惱這些事，早早就呼呼大睡了。

拯救遭綁架的貴婦人

天一亮，唐吉訶德已經忘記昨天在風車大戰中慘敗，又跨上羅西南提，帶著桑丘踏上新的旅程。

「我說，桑丘啊。」唐吉訶德對桑丘說：

「從今天起，我們還會面臨更多挑戰，不過就算見我身處危險，你也千萬不能出手幫忙，沒有騎士身分的人是不允許跟騎士對戰的。但是，如果對方也帶著隨從的話，你可以對付那些隨從。」

「主人，我可以不用出手幫忙真是再好不過了。我性情溫和，不喜歡打打殺殺。不過，若是自己遭遇危險，也是得出手反擊。」

「很好，這樣就對了。」

兩個人邊走邊說的同時，遠方有人影出現，是兩名**修士**騎著像駱駝一樣大的**騾子**。

修士為了阻擋風沙和日曬，戴著**眼鏡**、撐著陽傘，身後還跟著兩名幫忙趕騾子的騾夫與一輛馬車。

馬車裡坐著一名貴婦人，她正要前往**塞維利亞**和丈夫會合。她的丈夫為了前往**美洲**擔任要職，在塞維利亞等待渡船啟航。貴婦人和走在前面的兩名修士，其實是毫不相關的兩隊人馬。

不過，唐吉訶德卻誤會了。他對桑丘說：

「桑丘啊，世上的冒險何其多，可是看來，這次我們遇到一場不得了的冒險呢。你看，那兩個黑衣人就是魔法師。可惡的魔法師綁走了那輛馬車中的美麗公主。

修士

遵守宗教的戒律、在修道院裡修行的人。

騾子

公驢和母馬產下的後代，通常沒有生育能力。體型比馬小，叫聲則像驢子。

可是，我不會讓他們得逞，看我來破壞他們邪惡的企圖！」

「這傢伙比攻擊風車時要更瘋狂了。」桑丘說：

「主人請您仔細看清楚，那兩個看起來像魔法師的人，其實是兩位修士。那輛馬車裡坐著的，一定也只是普通的旅人罷了。主人啊，您還是不要再做出什麼奇怪的事吧。」

「桑丘，我之前也說過了，你一點都不懂流浪騎士的冒險是怎麼回事。算了，你就好好看著吧。」

說完，唐吉訶德便跑向道路中央，張開雙手。等兩名修士走近到聽得見他說的話了，唐吉訶德便大聲喊道：

「給我聽清楚了，你們兩個心懷不軌的傢伙，立刻

眼鏡

當時的眼鏡和現在不同，是以帶子綁住鏡片，從額頭垂掛下來。

放了你們綁架來的公主，否則本騎士就在這裡取你們的性命！」

兩名修士完全聽不懂這個奇怪的人在說什麼，其中一人雖然害怕，仍然非常禮貌的回答：

「騎士先生，我們既不是綁架犯，也沒有心懷不軌。我們只是教會的修士，並不清楚後面的馬車載著誰啊。」

「謊話連篇！」唐吉訶德大喝一聲。他不聽對方解釋，立刻手執長矛，鞭打羅西南提，朝那名修士衝了過去。

修士看見唐吉訶德朝他衝過來的氣勢，嚇得從騾背上摔了下來，如果他坐在騾子上，恐怕就會身受重傷。

塞維利亞（第68頁）

位於西班牙西南部，安達盧西亞自治區的首府。十五世紀開始即因做為與美洲新大陸的貿易中心而繁榮。（請參見卷頭地圖）

美洲（第68頁）

航海探險家哥倫布接受西班牙女王贊助，於西元一四九二年抵達了現在的西印度群島。之後，有兩位西班牙軍官分別征服了墨西哥和祕魯，將美洲產的白銀輸入西班牙。

另一名修士見狀，大吃一驚，拋下同伴，逃得無影無蹤。

桑丘看見修士倒在地上，便輕快的跳下驢背，動手扒下修士身上穿的衣服。跟修士一起趕路的兩名騾夫對桑丘的舉動感到吃驚，氣憤的質問他為什麼要這麼做。

桑丘得手之後，對騾夫說：

「我家主人打贏了這場戰鬥，輸的一方身上的東西當然就由我接收啦。」

這時，桑丘口中的主人唐吉訶德走向後方的馬車。兩名騾夫趁機把桑丘撲倒在地，拳打腳踢，狠狠教訓了他一頓。桑丘被打得奄奄一息，癱在地上一動也不能動。

而毫不知情的唐吉訶德，正遵循傳統的騎士精神，禮貌的向馬車中的貴婦人請安。他說：

「美麗的夫人，在下唐吉訶德．拉曼查騎士已將那兩個想綁架夫人的惡徒打得落荒而逃了。在下拯救了您，可絕不貪圖您的任何回報，只求您現在立刻回到托波索，**謁見**我心愛的杜爾西內亞公主，並將在下的作為告訴她，在下就心滿意足了。」

聽到這些話，跟在馬車旁的隨從全都哈哈大笑。然而，唐吉訶德還是不死心，希望貴婦能夠回到托波索。見唐吉訶德這樣糾纏，帶頭的隨從發怒了：

「快讓開！你這腦袋有問題的傢伙。再不讓開，別怪我不客氣了。」

「可悲的人啊。」唐吉訶德也不甘示弱的說：

「如果你是騎士，我絕不會原諒你那無禮的態度。不過，你配不上騎士的封號，你連一隻小蟲都不如。」

「你說什麼！說我不配當騎士？連小蟲都不如？真有意思。來吧，舉起你的長矛、拔出你的劍，我就讓你瞧瞧我的厲害。」

謁見

謁，音一せˋ。地位低的人去見地位比自己高的人物。

唐吉訶德一聽勃然大怒，立刻踏上**馬鐙**，唰的拔出劍，攻向那名帶頭的隨從。對方用力拆下馬車的坐墊當成盾牌，騎在騾背上，也拔出了劍。兩人一陣亂砍亂殺，隨從揮舞的長劍砍中了唐吉訶德的左肩。

受到這一擊，唐吉訶德完全失去理智了，他大喊一聲：

「杜爾西內亞公主啊，賜給我力量吧！」隨即以一股前所未有的氣勢，揮劍砍向隨從的頭。這一劍不偏不倚砍中他的頭頂，隨從承受不住這一擊，從騾背上摔了下來。

唐吉訶德見機不可失，用劍抵住隨從的胸口，大聲說道：

「認輸了吧，蟲子。如果你不認輸的話，我也可以

馬鐙

鐙，音ㄉㄥˋ。在馬鞍兩側，供騎士放置雙腳、或輔助騎士上下馬的裝備。

賞你個痛快。」

一直看著這場混戰的貴婦人，嚇了一大跳，立刻從馬車上下來，跪在騎士腳邊，請求騎士饒那位隨從一命。

「好吧。答應美麗夫人的請求，也是在下所願。但是，在下也有一個請求。請您立刻將這個人送到托波索村，要他發誓衷心服從世上最高貴的杜爾西內亞公主。」

貴婦人答應照做，唐吉訶德對她的回答相當滿意。就這樣，所有人又各自上路了。

羅西南提的災難

這時，慘遭騾夫狠狠教訓的桑丘已經爬起來了。他傷痕累累的來到主人身邊，扶主人騎上羅西南提。他說：

「主人，拜託您，請將您在剛才那場打鬥中拿下的島嶼請交給我統治吧。不管是多麼大的島，我都會好好管理。」

「桑丘，」騎士回答他：

「你仔細想想，目前為止我們遇上的打鬥中，有哪一場是在島上發生的？都是在不值得一提的路邊啊。在這種打鬥中，別說是島了，連巴掌大的土地也得不到。不過，你就再忍耐一下，我一定會在更大的戰役中獲勝，到時候別說是島了，更好的戰利品我也會送給你。」

桑丘聽完之後總算安心了，他親吻主人的手背和鎧甲表示感謝，跨上自己的驢子，跟在主人後面繼續前行。

不過，還有一件事讓桑丘擔心。剛才那兩位修士會不會去告發他們，而此刻已經有人追來了呢？

「主人，如果真的有人來追捕我們，一旦進了監牢，要出來可就難了。」

「你不用擔心。」騎士說：

「你就是沒有讀過騎士小說，才會擔心這種事。流浪騎士被關進監牢？這種事是絕對不會發生的。雖然你不是騎士，可能會被逮捕，不過別擔心，到時候我一定會救你出來。你見過像我這樣的騎士嗎？在故事裡看過像我一樣全能的騎士嗎？」

「主人，我一個字都不認識，所以沒有讀過騎士小說，可是這個世界上確實沒有像您這樣的騎士。話說回來，主人，我先幫您的傷口擦藥包紮吧，我準備了藥膏和繃帶在身上呢。」

「如果我有那瓶費艾拉布勒斯香精，就不用又擦藥膏又綁繃帶這麼麻煩了。」

「那是什麼東西啊？」

「那種香精的作法，我可是倒背如流。只要滴上一滴香精，就算沒有生命跡象的人也能復活，任何傷口都能立刻癒合。假如將來我在某個地方遇上巨人，被剖成兩半，到時候你就要趁我還沒流血之前，趕快把我的身體拼起來，滴一滴香精在我嘴裡。這麼一來，我就會立刻復原，像魚一樣活蹦亂跳了。」

「哇，如果真有那種靈藥的話，我也不當什麼島主了，請您教我那種香精的作法就夠了。我在想，這香精一**盎司**應該可以賣二里爾以上。只要賣香精，往後就可以輕鬆過日子，這樣我就滿足了。主人，做那種香精要

盎司
重量單位。測量藥材的重量時，一盎司為31.1公克。

花多少錢呢？」
「只要花三里爾，就可以做出三公升了。」
「既然如此，主人，請您別再拖拖拉拉了，趕快教我香精的作法吧。」
「別急，還有很多祕密以後我會通通告訴你，現在先幫我處理傷口吧。」
於是，桑丘從袋子裡拿出繃帶和藥膏，準備幫主人擦藥。唐吉訶德脫下盔甲讓桑丘處理傷口時，看見盔甲被砍得傷痕累累，不禁勃然大怒，手握著劍，大喊此仇必報。
「可是，如果剛才的那名騎士已按照您的吩咐前往托波索村的話，您也沒辦法報仇了。」
「你說得沒錯，那麼報仇的事就算了。不過，我一定要從別的騎士身上搶奪像我這件一樣出色的盔甲，這件事可不能算了。」
「萬一好幾天都沒遇到穿著盔甲的騎士怎麼辦？在這條路上，頂多只會遇上趕驢趕騾的人而已。他們身上不但沒有盔甲，可能連盔甲長什麼樣子都沒見過呢。」

「不會的，今天也許還會遇上騎士。對了，桑丘，你的袋子裡有沒有食物？我們先填飽肚子再去找城堡吧。我想好好休息一晚，順便調配我剛剛說的香精。話說回來，我的耳朵好像也有點痛。」

桑丘從袋子裡拿出一顆洋蔥和一點乳酪，盯著手裡的食物說：

「像您這麼英勇的騎士，這些東西應該不合您的胃口。」

「沒這回事，再怎麼難吃的食物，流浪騎士都要能吃下肚才行，畢竟我們有時候也得在沙漠或森林裡度過好幾天呢。」

「原來如此。那麼，以後難吃的食物就給您吃，我自己再去找雞肉或其他更能填飽肚子的食物。」

兩人一邊說著，一邊坐下，悠哉的解決這一餐。接著得趕在夜晚來臨之前找到住宿的地方，於是兩人又各自騎上自己的坐騎，繼續趕路。還沒走到有人煙的地方，太陽就下山了，只好在路邊的一處羊舍過夜。

隔天早上，上路後才過了一小時，兩人就來到一片遼闊的大草原。草地看起來非常舒服，很適合躺在上面翻滾，且此刻天氣正炎熱，於是決定在這裡稍作休息。

兩人就地解開羅西南提和驢子的轠繩，牠們就在附近隨意漫步，低頭吃著嫩綠的青草。

然而，愛興風作浪的惡魔總是神出鬼沒。就在草地正下方的山谷，碰巧有不知道從哪裡來的馬夫，正在讓馬群吃草。羅西南提也想跟牠們一起玩耍，於是快步奔了過去。

只是，比起和羅西南提一起玩耍，馬兒們更想專心吃草。牠們忽然把羅西南提團團圍住，對牠又踢又咬，弄得牠馬鞍掉了、腹帶也被扯斷，轉眼間成了一匹光溜溜的馬。更糟的是，這時馬夫們趕來了，他們看見自己的馬群中有一匹陌生的馬，想把牠趕走，於是拿起棒子，狠狠打在羅西南提身上。

唐吉訶德和桑丘遠遠看見羅西南提被打得奄奄一息，急忙跑過去。唐吉訶德邊跑邊對桑丘說：

「桑丘，如你所見，那些可惡的傢伙不是騎士，只是卑賤的庶民，如果只由我出手對付，有損我的騎士地位，所以你也一起替羅西南提報仇吧！」

「可是我們要怎麼報仇？我們只有兩個人，對方可是有二十個人呢。」

「就算來一百個人我都不怕！」

說完，唐吉訶德就拔劍衝向馬夫。桑丘看見主人的英姿，也鼓起勇氣，跟著一起衝過去。有一名馬夫，被唐吉訶德砍傷了肩膀，其他馬夫看見之後一擁而上，反擊這兩個魯莽的傢伙，棒如雨下的打在兩人身上。

桑丘只被打了兩棒就倒下了。最後，唐吉訶德也抵擋不住亂棒攻擊，倒在愛馬羅西南提旁邊。

馬夫們丟下倒地不起的羅西南提和兩個人，把自己的馬兒集合好之後，隨即朝著草原的反方向揚長而去。不久，桑丘終於恢復意識，悲慘的哭喊著：

「唐吉訶德大人、騎士大人！」

「幹什麼？」騎士的語氣中帶著無奈。

「您能否好心賞我費艾拉布勒斯香精之類的靈藥啊？我一定是骨折了，那種香精除了治療傷口之外，應該也可以治療骨折吧？」

「可惜現在我手邊並沒有那種靈藥。不過你放心，這兩天我一定會弄到那瓶香精。話說回來，我還真是做了一件蠢事啊。為什麼我要對騎士以外的傢伙拔出我寶貴的劍呢？一定是我沒有遵守騎士精神，**戰神**才會這樣懲罰我。桑丘，你聽好了，以後再遇上那種對手，你要一個人應戰，別再讓我拔劍了。假如到時候有騎士出手，我也會全力戰鬥的。」

唐吉訶德的這番話聽在桑丘耳裡，並不怎麼令人感

戰神

指希臘神話中的戰神阿瑞斯，在羅馬神話則稱為馬爾斯，既是殘酷的破壞之神也是豐收之神。

動。他回答道：

「主人，我生性老實，不愛與人起衝突，更不用說出手打架了。所以我決定，以後不管遇上卑賤的庶民或是高貴的騎士大人，我一律不拔劍對抗，不管會受到怎樣的羞辱，一切都交給上天吧。」

「桑丘，你說什麼傻話？你這樣將來當上了島主該怎麼辦？要統治被征服的人民，必須要有強大的力量才行啊。」

「主人，容我說一句實話，比起世界上所有的島，現在我更想要一片藥布啊。您聽我說，羅西南提如此痛苦的喘氣著，是不是要趕緊替牠治療？雖然牠就是引發這場災難的罪魁禍首，不管牠也無所謂，可話又說回來，在您狠狠教訓貴婦人身邊的騎士時，我做夢也沒想到，這麼可怕的災難會降臨在我們身上。」

「桑丘啊，這就是流浪騎士的宿命，但總算有一件事值得安慰，打倒我們的人並不是騎士，而是微不足道的小人物。他們的武器也不是長矛或劍，只是棍棒而已。要是我沒記錯的話，那些傢伙當中，應該沒有人會用長矛或劍。總之，先處理羅西南提的傷勢吧，牠看起來傷得比我們兩個還要嚴重。」

「這也是當然的，畢竟羅西南提是流浪騎士的馬。我比較意外的是我那頭驢子。我這個主人已經受重傷了，那傢伙居然連一點傷都沒有，還一臉事不關己的樣子。」

「所謂的幸運，就是遇到災難的時候，有一條退路可走。多虧那頭驢子沒事，牠可以代替羅西南提。受傷的騎士騎著驢子應該不會太奇怪。桑丘，快去抓住你那頭驢子，把牠牽過來。我們要先找一座城堡療傷。」

桑丘花了好大的功夫才抓住驢子。驢子身上沒有背東西之後，早就跑得遠遠的了。好不容易才將牠抓回來，桑丘還得把可憐的羅西南提繫在驢子的尾巴上牽著牠，因為羅西南提幾乎沒辦法自己站著。

最辛苦的是要把渾身是傷、站也站不穩的唐吉訶德扶上馬鞍。費了一番勁讓主人坐好之後，桑丘牽著驢子的轠繩，這一對怪異的主僕就上路了。

幸好，只走了一小時左右，兩人就來到一間小旅館門前。當然，唐吉訶德仍舊深信這是一座城堡，桑丘卻堅持這只是一間旅館。兩人互不相讓，越吵越兇。最後，比主人稍微清醒一點的桑丘先不回話，才總算進了旅館。

半夜裡的屍體

旅館老闆看見這怪異的兩人，嚇得目瞪口呆。他問桑丘，那位渾身是傷的客人到底是怎麼一回事。

「沒什麼大不了的。」桑丘回答：「這是我家主人，他只是在岩石上滑了一跤，有點撞傷肋骨而已。」

旅館的老闆娘是一位心地善良的女性，看見可憐的人絕不會放任不管，想要趕快幫唐吉訶德療傷。於是，她叫女兒來幫忙，把唐吉訶德扶進房間。雖說是房間，已經有好長一段時間都是當成堆放稻草的倉庫。

老闆娘為唐吉訶德鋪了一張床，但也非常簡陋，是用兩張不同高的椅子併起，上面鋪著四塊沒有打磨過的木板，再放上一塊說多薄就有多薄、說多硬就有多硬的床墊。床墊上的棉被也是東磨破一塊、西磨破一角，四處都脫線了。

唐吉訶德就這樣躺在那張克難的床上。旅館的老闆娘和女兒很快的拿來藥布，貼滿唐吉訶德的身體；還有女傭拿著一盞燈，讓兩人看清楚手邊的動作。老闆娘幫唐吉訶德貼膏藥的時候，發現他身上到處都是瘀青，便問桑丘，這應該不是從岩石上跌下來，而是被誰打傷的吧。桑丘卻說：

「沒這回事，是因為在多角的岩石上跌倒，才會青一塊、紫一塊的。對了，老闆娘，可以的話，能不能也幫我貼一些藥布？我的背也好痛。」

「你也從岩石上摔下來了嗎？」老闆娘柔聲的問。

「不，我沒有摔倒。我看見主人摔倒之後，自己好像也被棍棒毆打一樣，全身痛得不得了。」

「這也是常有的事。」老闆娘的女兒說：

「我偶爾會夢見從高塔上摔下來。做那樣的夢的時候，常會夢到一半就會醒了。醒來之後，感覺全身痠痛，好像真的摔落地面一樣呢。」

「沒錯，就是這樣。不過，我不是做夢，我身上跟主人一樣，有撞傷和瘀青。」

「這位客人的大名是？」

「這位是唐吉訶德．拉曼查大人，是一名流浪騎士。而且，在眾多流浪騎士當中，他可是武藝特別高強又英勇呢。」

「流浪騎士到底是什麼？」一旁的女傭問道。

「聽你問這個問題，就知道妳沒什麼見識。所謂的流浪騎士呢，可能今天還被對手拿鞭子抽打，明天就成為國王了；今天還比任何人都貧窮，明天卻戴上了皇冠。主人也跟我約好了，將來有一天，我也會得到皇冠。」

「既然這位客人這麼優秀，你也當了他的隨從，看起來卻好像還沒從你的主人那裡得到土地之類的獎賞，這是為什麼呢？」老闆娘問桑丘。

「我們踏上旅途也不過才一個月，連一場真正稱得上是流浪騎士的戰鬥都還沒碰上，現在說那些還太早了。等主人的傷痊癒，恢復生龍活虎的樣子，他一定會成為全西班牙最高貴的騎士。」

唐吉訶德一直仔細聽著自己的隨從所說的一字一句。桑丘說完之後，唐吉訶德便起身坐在床上，他握起旅館老闆娘的手，對她說：

「美麗的夫人，您讓在下留在您的城堡過夜，也算是您的運氣。當然，在下這麼說，並不是想誇耀自己的地位有多麼崇高，畢竟自吹自擂是愚蠢的。不過，在下是何許人也，在下的隨從已經都告訴您了。在下想說的只有一件事，夫人對在下的細心照料就像在黑暗中的火光，在下會永遠銘記在心。」

三位女性完全不知道該如何解讀這番話。可以肯定的是，這位客人一定和她們平常往來的那些人完全不同。總之，把他當成達官貴人那樣對待是最保險的作法。她們非常有禮的向唐吉訶德道謝後，便離開房間了。

正所謂冤家路窄，之前被唐吉訶德砍傷的馬夫碰巧也住進了這家旅館的同一間房間。馬夫照顧著自己的馬，餵了牠很多**大麥**，回到房間的時候，唐吉訶德和桑丘已經精疲力盡，躺在床上了。

馬夫的傷並不嚴重，喝了很多酒，心想今晚應該可以好好睡一覺。另一邊的桑丘也正想辦法睡著，可是他的肋骨還隱隱作痛；唐吉訶德也渾身疼痛、輾轉難眠，無法闔眼。

昏暗的房間裡除了油燈，旅館的其他燈光都已經熄了。大夥原本可以度過寧靜的一晚，桑丘卻在一旁嘟嘟囔囔的抱怨，唐吉訶德也像演說般滔滔不絕。喝醉的馬夫被吵得睡不著，生氣的對兩人喊了好幾次「閉嘴！」

桑丘聽了之後，也不客氣的回了一句：「吵死了！你的聲音才震得我肋骨痛哩。」原本就有點不高興的馬夫立刻從床上跳了起來，還沒走到桑丘那裡就先撞到了唐吉訶德的床。

馬夫正在氣頭上，先揍了唐吉訶德一頓。他下手太重了，可憐的唐吉訶德不僅被打得頭破血流，連他躺的

大麥（第89頁）

一種糧食植物。主要做為啤酒原料和馬的飼料。

那張簡陋的床也被打壞了。

被這一陣騷動嚇醒的旅館老闆叫醒女傭，拿著一盞燈，奔向那個房間。這時，桑丘和馬夫正打得激烈，老闆和女傭來的不是時候，也跟他們打成一團。四個人演變成馬夫打桑丘、桑丘打女傭、女傭對桑丘反擊、老闆卻又打女傭的局面，實在是難分難解。

唯一沒有加入戰局的就是唐吉訶德，因為這位騎士從剛才就一直癱在地上，一動也不動。

旅館老闆趁隙去請一位今晚恰好在旅館過夜的官員過來。這位官員的模樣令人望而生畏，一進房便大喊：

「通通住手！我以官方之名命令你們住手，聽到沒有！」

然而，官員才剛踏進房間就被唐吉訶德絆倒了。看見唐吉訶德一動也不動，官員認定他已成一具屍體，於是對老闆說：

「老闆，快去把門關上，誰都不准出去，這間旅館裡有殺人兇手！」

在場的每個人都被官員的話嚇呆了。不只馬夫，連旅館的老闆和女傭，也都慌張的躲回自己房裡。為了抓住兇手，官員跑遍了每個房間，終於找到一盞燈，拿了回來。

就在官員去找燈的時候，唐吉訶德總算恢復了意識，他以微弱的聲音呼叫桑丘：

「桑丘、桑丘，你睡著了嗎？」

「現在可不是睡覺的時候啊，主人。」

「你說得一點都沒錯，這座城堡被詛咒了。今天遇到的事，比昨天羅西南提害我們和那些馬夫打了一場還要糟糕啊。」

「是啊，主人。剛才來了四百名以上的魔鬼哩。」

這時候，官員拿著燈回到這間房來，發現那具屍體不知道什麼時候不見了，大吃一驚。桑丘看見官員回來，便對唐吉訶德說：

「主人，這個人就是剛才那群惡魔的同黨。他一定是鬧得還不夠，又回來害人了。」

「別說傻話了。這個人不是什麼惡魔。如果他是受到詛咒的惡魔，怎麼可能光明正大的在我們面前現身呢？」

那官員本來想說點什麼，聽了這兩人的胡言亂語之後，自己也越來越糊塗了。於是問道：

「喂！你們是從哪裡來的啊？」

「住口！」唐吉訶德生氣的說：

「你那是什麼口氣，居然敢對流浪騎士無禮！」

那官員也不是很有耐性的人。他聽唐吉訶德這麼不客氣，一氣之下舉起裝滿煤油的**油燈**，用力朝唐吉訶德的頭砸下。油燈被摔得粉碎，官員就在一片漆黑之中，

油燈

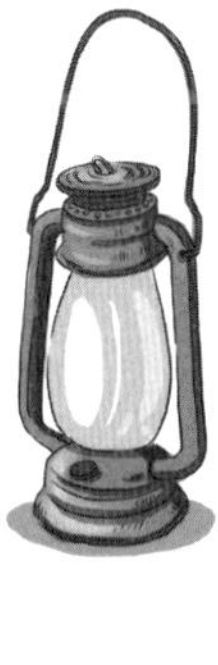

氣沖沖的離開房間了。

這時桑丘開口了：

「主人，剛才那個一定就是受到詛咒的惡魔。」

「老實說，我也這樣想。」唐吉訶德也說。

費艾拉布勒斯香精

隔天早上，唐吉訶德還是渾身疼痛，他想到該來調製那瓶萬用香精，於是請旅館老闆拿來藥草、**蓖麻油**、鹽和葡萄酒，一邊念著咒語，一邊把所有材料都丟進鍋子裡煮。煮了大約一個小時，唐吉訶德把這怪異的液體裝進原本用來裝油的馬口鐵罐裡。

唐吉訶德想盡快試試藥效，於是把鍋裡剩下大約半公升的液體一口氣喝下。哪知就在他快喝完的時候，突然感到一陣噁心，把剛才喝下去的東西全都吐了出來。嘔吐時的痛苦，讓唐吉訶德全身冒冷汗，就像一個垂死的病人，癱軟在地上。為了不讓這位騎士繼續冒汗，大夥便拿棉被把他緊緊裹住，扶他上床躺著。

唐吉訶德就這樣足足睡了三個小時。醒來之後，他覺得身體好像輕盈許多，原本疼痛的地方也好多了。唐吉訶德深信自己調製的液體一定就是費艾拉布勒斯香精，只要有了這瓶特效藥，以後不管受什麼傷都不會死了。

桑丘見主人恢復氣色，也認為一定是剛才那鍋液體的功效，於是他請求主人讓他也喝一口。主人才答應，桑丘就把鍋裡剩下的液體一口氣全喝光。而桑丘的腸胃比主人強健許多，喝下的液體並沒有吐出來。

桑丘只覺得噁心想吐、胃痛、冷汗直流，他不斷咒罵那該死的液體。

「桑丘啊，」騎士說：

「你會這麼痛苦，一定是因為你不是騎士。我早就

蓖麻油（第95頁）

蓖，音ㄅㄧˋ。由蓖麻的種子提煉出來的植物油，飲用可以治療便祕。

在想那瓶費艾拉布勒斯香精對騎士以外的人是沒有效的。」

「主人，這種事您應該一開始就說啊……」

抱怨的話還沒說完，桑丘感到越來越難受，之後整整兩個小時，他不斷痛苦呻吟，抱著肚子在地上翻滾。後來，終於藥效發揮了。桑丘把胃裡的東西全吐出來，但他也已經沒有力氣再站起來了。

唐吉訶德則是完全恢復了精神，想要盡快上路，於是替自己的馬和桑丘的驢子披掛上馬鞍，硬把桑丘推上驢背，自己也跨上羅西南提，口氣嚴肅的向旅館老闆道別。他說：

「城主大人，在您的城堡裡受到的照顧，在下一定會銘記在心。往後，如果城主大人受到無禮人士的惡劣對待，請您立刻召喚在下前來，在下就算賭上騎士的名聲，也會為您報仇。」

旅館老闆不疾不徐的回答：

「我不需要您為我報什麼仇，只要您可以把昨天的住宿費還有馬和驢子的飼料費用付清，我就感激不盡了。」

然而，唐吉訶德堅稱，他從沒聽過流浪騎士在城堡過夜還要付住宿費，說罷便將長矛挾在腋下揚長而去。

倒楣的是留在後頭的桑丘。旅館老闆轉而向他催討住宿費，桑丘的說法和他的騎士主人一樣，旅館老闆這下可火大了。

有三名旅館的客人從剛才就一直看著老闆和桑丘的互動。這三人是工匠，平時就喜歡捉弄人，他們走到桑丘身旁，把他從驢背上拖下來，拿起一條棉被把他捆起來，三人就這樣把桑丘當成皮球，輪流拋著玩耍。

過程中，桑丘不斷慘叫，要不是心地善良的旅館老闆娘及時出面，桑丘恐怕會比喝下費艾拉布勒斯香精時更慘不忍睹。

唯一值得慶幸的是，在一陣混亂中，最後桑丘總算不必付住宿費就離開了旅館。

沙塵中的千軍萬馬

桑丘趕上來之後，唐吉訶德對桑丘說：

「哎，桑丘，那座城堡一定是被施了邪惡的魔法。捉弄你的那些人，恐怕也不是人類，一定是妖怪搞的鬼。」

「我不懂什麼魔法還是妖怪。我說主人啊，下次如果再遇上這種事，我的頭啊腳啊可能就真的不保了。我覺得我們還是回村子去比較保險。現在正是收割的季節，村裡一定忙得不可開交了。比起漫無目的到處閒晃，我覺得還是老老實實待在村子裡比較好哩。」

「桑丘，你怎麼還是一點都不懂騎士精神呢？」唐吉訶德說：

「你就別再嘀嘀咕咕，好好忍耐吧，有一天你一定會明白的。像我們這樣到處流浪是多麼光榮的事！到時候，你就不會反駁我說的話了。世上有什麼事，能比打敗敵人、贏得勝利更加令人喜悅的呢？你說是吧。」

「嗯，也許吧。」桑丘沒有直接肯定，他說：

「我確實還不是很明白。不過，我很清楚一件事，自從我們成為流浪騎士之後……不對，我的身分還不足以跟偉大的騎士相提並論，我是指您成為流浪騎士之後，除了遇上貴婦人的馬車那次您打敗了帶頭的隨從之外，沒有哪一場戰鬥是勝利的。況且，那次您還被削下半個耳垂和半頂頭盔。從那之後，不管走到哪裡，我們不是挨打就是被揍。剛才我還被捆在棉被裡被當皮球丟來丟去，結果您跟我說那些傢伙被施了魔法，我們沒辦法報仇，真是豈有此理！」

「你說的，我也覺得很遺憾。再過不久，我打算去取一把能破除所有魔法的寶劍，那是人稱『炎之劍騎士』的**阿瑪迪斯**拿過的劍，那把劍是從古到今，眾騎士拿過的無數寶劍當中最厲害的。運氣是站在我這邊的，要取得那把劍對我來說是輕而易舉。只要有那把寶劍在手，不管敵人的頭盔上施加了多麼邪惡的魔法，我都能輕易劈開。」

主僕兩人一邊交談，一邊悠哉的往前走。就在這時，道路前方突然揚起一陣沙塵，看來是朝著兩人而來。

唐吉訶德興奮的對桑丘說：

「桑丘，看來今天是幸運之神降臨的日子啊！我一定要讓你瞧瞧我的實力，接下來要打的這一仗，一定會寫下歷史的一頁。你看見前方揚起的沙塵了吧，那一定是千軍萬馬正朝著我們而來！」

「主人，如果是這樣的話，那支軍隊好像還分成兩隊人馬哩。您看在道路的另外一邊，也同樣揚起沙塵了。」

阿瑪迪斯（第101頁）
著名騎士小說《高盧的阿瑪迪斯》的主角，是唐吉訶德最崇拜的一位騎士。

「是啊，你說得對。」這位英勇的騎士忍不住手舞足蹈，大聲說：

「那兩支軍隊現在正準備交戰。如果兩支軍隊在那片草原上正面交鋒，場面一定會相當血腥，士兵的吶喊聲也會響徹整個山谷。」

這位騎士沉迷於騎士小說中出現的各種戰役，才會如此幻想。其實那只是一大群綿羊和一大群山羊，從不同的地方來到同一片草地吃草揚起的沙塵。只不過沙塵太濃厚了，騎士看不清楚。更糟糕的是，桑丘這次也認為主人說得沒錯，他大聲對騎士說：

「主人，現在怎麼辦？」

「那還用說？哪一邊處於弱勢，人數少、武器少，我就站在那一邊。桑丘啊，你記清楚了，我們前方那支軍隊，是塔羅班納島的君主阿里馮法隆大帝所率領的，後方那支軍隊則是阿里馮法隆大帝的宿敵——加爾曼塔族的國王，捲袖子的潘塔波林所率領的。潘塔波林大王每次打仗時，都習慣露出右手臂，才有這個稱號。」

「他們兩位為什麼看對方這麼不順眼呢？」

「阿里馮法隆大帝是個粗暴的**異教徒**，擄走了潘塔波林大王的女兒。潘塔波林大王說，如果阿里馮法隆大帝改信基督教，就願意把女兒嫁給他，否則不惜**兵戎相見**，也要救回女兒。」

「這麼說來，這場戰爭就不是潘塔波林大王的錯了。那麼，我也要盡全力幫助他。」

「很好，桑丘，你就盡全力大幹一場吧！像這麼浩大的戰役，即使沒有騎士位階的人也可以參加。」

「那真是太好了。可是打仗的時候，我這頭驢子該拴在哪裡才好呢？騎著驢子去打仗可不太威風啊。」

「驢子愛去哪就讓牠去哪吧。只要打贏這場仗，我們就能獲得數不盡的馬了。說不定，我也不得不把羅西

異教徒

以基督教的觀點來看，信仰基督教以外的宗教、相信違背基督教教義的知識，都屬於異教徒的行為。

兵戎相見

雙方無法用談判的方式解決紛爭，因而發生武力衝突。

南提換掉呢。總之，我們先退到地勢高的地方，觀察兩支軍隊的情勢。站在高處，我們就能看得更清楚。然後，我再把兩軍中最出色的騎士，一一為你指出來。」

兩人登上高處之後，唐吉訶德立刻大聲對桑丘說道：

「你看，那邊有一位穿著黃色盔甲的騎士，他的盾牌上畫著一隻戴著王冠的獅子，那是英勇的拉烏加爾果王，他有『銀橋騎士』之稱；另一邊，有一位騎士的盔甲上佈滿金色的花朵紋飾，天藍色的盾牌上畫著三頂銀色王冠，那位是吉羅基亞大公；在他右手邊，有一名騎著馬的巨人，那是統治著**阿拉伯帝國**，天不怕、地不怕的布朗達巴爾巴朗君王。他不穿盔甲而是穿著**龍**皮，手

阿拉伯帝國

西元八世紀時，阿拉伯半島上的阿拉伯人建立了一個橫跨歐、亞、非三洲的大帝國，以伊斯蘭教來治國。

拿一扇被他拆下來的門當盾牌，那扇門可是那座傳說中的教堂的大門啊。

接著，你再看看另一支軍隊。前鋒那位是百戰百勝的提蒙內爾·加爾加宏納，他的盔甲上有藍、綠、白、黃四種顏色，盾牌上畫著一隻金色的貓；再看看那位身穿雪白盔甲、騎著一匹駿馬的騎士，他是出身法國的皮耶爾·巴龐；還有一位，騎著一匹身上有斑紋的快馬，那是奈爾比亞大公，他的盾牌上寫著『運氣將會站在我這邊』呢。」

唐吉訶德對每一位騎士的名字如數家珍，連他們的盔甲、盾牌，甚至配色都描述得非常詳細。然而，這些都是唐吉訶德之前讀到廢寢忘食的騎士小說中出現的人

龍（第105頁）

傳說中，龍是住在山洞或森林裡，會擄走人類和家畜、摧毀農田的怪物。翅膀像蝙蝠、身體像蜥蜴、尾巴則像蛇；而把龍擊退的人就能成為英雄。

物。

唐吉訶德滔滔不絕的說著，桑丘也聽得入神。他沒有插嘴，只是偶爾東張西望，看看主人所說的騎士到底在哪裡，可是什麼也沒看見，最後他終於忍不住大聲對唐吉訶德說：

「主人，您已經說了一個小時，如果您真的能看見那些騎士和巨人的話，把我獻給惡魔也行。一定是昨天晚上的魔法師又施展其他魔法了吧。」

「你在胡說什麼？難道你沒聽見馬的嘶鳴、噠噠的馬蹄、兵器的撞擊聲，還有悠揚的喇叭嗎？」

「主人，我只聽見綿羊和山羊在叫啊。」

桑丘說得沒錯，這時，兩邊的綿羊群和山羊群又更接近他們了。然而唐吉訶德卻說：

「你一定是害怕打仗，因此視而不見、充耳不聞。如果你害怕的話，就躲進旁邊的草叢吧。要讓我支持的那支軍隊迎向勝利，只要我一個人就夠了。」

話才剛說完，唐吉訶德就朝羅西南提揮了一鞭，把長矛挾在腋下，像一道閃電似的衝下山坡去了。

唐吉訶德衝入羊群

桑丘扯開嗓子，大聲呼喊：

「等等啊，主人！您現在打算要教訓的是一群羊啊！拜託您別再做傻事了。那裡沒有您說的巨人和馬匹，更沒有穿著盔甲、手拿圓形或方形盾牌的騎士啊。您到底是怎麼了？那裡只有一群羊啊！」

然而，唐吉訶德哪裡聽得進去？只見他像風一般奔馳，一邊大聲喊著：

「喝！喝！在潘塔波林王麾下的騎士，跟我來！讓我助各位一臂之力，給敵人好看吧！」

於是，這位前來助陣的騎士以殺死巨人的氣勢，像水車轉動般掄起長矛，衝進羊群裡。羊群的主人和幾名牧羊人大吃一驚，「別搗亂啊！」大聲制止唐吉訶德。

很快的，他們發現制止無效，紛紛拿起拳頭大的石頭砸向唐吉訶德。唐吉訶德雖然不斷被投來的武器打中，他並不氣餒，依然大聲喊著：

「不可一世的阿里馮法隆，你在哪裡？快點出來！出來！」

這時，有一顆特別大的石頭朝唐吉訶德飛來，打中他的側腹，打斷了兩根肋骨。實在是太痛了，唐吉訶德慘叫一聲，差點從馬背上摔下來。不過，他立刻振作，並想到那瓶萬用香精，於是拿出馬口鐵罐，大口喝著昨天裝滿的香精。

這時候，又有另一顆大石頭飛來，正好命中馬口鐵罐。整個馬口鐵罐被石頭打飛，不但帶走了唐吉訶德的兩顆門牙，拿著罐子那隻手的兩根手指也被打斷了。唐吉訶德終究還是承受不住這兩次攻擊，從馬背上倒栽下來。

牧羊人以為他們打死了唐吉訶德，擔心事情鬧大就麻煩了，於是匆忙把綿羊和山羊集合起來，將死去的羊扛在肩上，迅速離開了現場。

桑丘站在高處，全程目睹了主人宛如被惡魔附身般的舉動。他越看越覺得悲哀，不禁一邊捋著鬍子一邊大聲咒罵。等牧羊人走遠了，桑丘趕緊奔下山坡。只見可憐的唐吉訶德仍然倒栽在草地上，桑丘則蹲在他身邊。

「主人，我不是跟您說了嗎？那些不是什麼騎士，只是羊群啊。」

「這一定也是魔法師佛雷斯多搞的鬼，他一直視我為眼中釘，是那傢伙把軍隊變成羊群了。你也要牢牢記住，他的魔法能毫不費力的把任何東西變成他想讓你看見的模樣。如果你認為我在騙你的話，可以去跟蹤剛才那些傢伙，他們現在一定已經恢復真面目了。」

「對不起，主人，我可不想落得跟您同樣的下場。」

「那麼，你過來幫我檢查一下我的牙齒。我的嘴裡恐怕一顆牙都不剩了。」

捋 音ㄌㄩˇ，用手指順著抹過去，使物體平順、光滑。

「唉，您還真是悲慘啊。」

桑丘說著，一邊把臉湊近，檢查唐吉訶德的牙齒。

就在這時候，唐吉訶德剛才喝的香精在身體裡發揮了作用，一口氣把胃裡的東西全都吐了出來，不偏不倚的吐在桑丘臉上。桑丘嚇了一大跳：

「哇！這到底是怎麼回事？您吐血啦？看來您傷得很重啊。」

然而，桑丘仔細一看，才發現那不是血，是主人胃裡的液體。桑丘想擺脫這噁心的味道，立刻朝驢子走去，想弄點酒來喝，卻發現驢子身上背的袋子，不知道掉在什麼地方了。

桑丘火大起來，亂罵一通，嚷嚷著不要工錢也不想當什麼島主，他要丟下主人自己回家去了。

桑丘發牢騷的同時，唐吉訶德好不容易爬到羅西南提旁邊，費了九牛二虎之力騎上馬，走到隨從身旁。

桑丘深深嘆了一口氣，愁眉苦臉的靠著驢子。唐吉訶德看見桑丘悶悶不樂的樣子，便想說點話來安慰他。他對桑丘說：

「桑丘，為什麼愁眉苦臉的呢？你知道嗎，發生這一連串荒唐的事，不正是在預告接下來會有好事發生嗎？壞運不會一直纏著我們，好運就在眼前了。你不必在意我遇上的災難，這次的事與你無關。」

「主人，我怎麼可能不在意，難道我的袋子弄丟了，也與我無關嗎？」

「袋子弄丟了？」

「是啊。」

「這麼說來，食物也不見了吧？」

「沒錯。主人，您是騎士，也許可以拿樹根或果實來充飢，我可不行啊，要是一餐沒有喝上一口葡萄酒、吃上一口麵包，就沒辦法活下去了。」

「真拿你沒辦法。桑丘，騎上驢子跟著我走吧。萬能的上帝絕對不會只棄我們於不顧，上帝對世人一視同仁，陽光會同樣照在好人和壞人身上，雨水也會同樣灑在善人和惡人身上的。」

「主人，您當修士比當流浪騎士更適合呢。」

「桑丘，流浪騎士就是要涉獵所有知識。古代的流浪騎士，有時還必須在野外傳道呢，光是武藝高強可不行。」

兩人交談的同時，也一邊前進。但是長路漫漫，才走到一半，太陽就下山了。附近既沒有可以好好休息的旅館，也沒有可以填飽肚子的餐館，兩人幾乎要耐不住飢餓了。

這時，兩人突然發現有一團火光朝他們接近。桑丘嚇得發抖，他是個迷信的人，心想一定是幽靈出現了。就連天不怕、地不怕的騎士大人也緊張了起來。不過，唐吉訶德冷靜一想，便轉頭對桑丘說：

「桑丘，我們可遇上前所未有的大冒險了。這次，我必須徹底發揮勇氣和實力才行。」

「唉，我真沒出息。」桑丘嘆口氣說，

「我們之前雖然也遇過不少慘痛的教訓，可若對手是幽靈，那可跟遇上騾夫或牧羊人不能相提並論啊，我現在都已經快要站不直了。」

「桑丘，你怕什麼！只要有我在，絕對不會讓幽靈碰你一根汗毛。」

「主人，那我就盡量振作吧。」桑丘答道。

於是，兩人停在路邊，等著接下來發生的事。大約過了十五分鐘，只見一群一身白衣的不明物體，靜靜朝兩人走來。桑丘剛剛好不容易才打起精神，一下子又萎靡不振了。他就像發了高燒的病人，牙齒喀喀作響。

白色幽靈大約有二十人。他們騎著馬，長長的衣襬蓋在馬兒身上，手裡拿著火把。白色幽靈身後拉著一副黑色棺木，後方還跟著六隻騎著黑色驢子的幽靈。

不用說，那正是葬禮的隊伍。白色幽靈只是身穿白色喪服的人。每個人低聲唱著悼念死者的歌，歌聲悲傷。在黑夜裡遇上這麼詭異的隊伍，就算再勇敢的人也沒辦法不害怕吧。桑丘全身發抖，站也站不直了，然而唐吉訶德眼裡看見的情景，卻

和桑丘截然不同。這位騎士的腦海中，又浮現以前讀過的騎士小說裡出現過的一個場景，越想越覺得熱血沸騰。

騎士心想，那副棺木裡面一定躺著一位在戰爭中**殞落**的騎士，而自己的任務就是替那位騎士報仇，這種情節在騎士小說中出現過無數次了。

唐吉訶德不再多想。他隨即提起長矛、威風凜凜的踏上馬鐙，往路中央前進。一旦站在那裡，那支隊伍就算想繞路也沒辦法。等隊伍靠近，唐吉訶德便拉開嗓子，高聲說道：

「各位，請停下你們的腳步。在下想知道，你們這一行人為什麼在夜裡趕路。」

其中一名白衣人回答：

殞落

原本是指天體脫離原本運行軌道的現象，這裡則是「死亡」的委婉修辭，指身分地位高的人去世。殞，讀ㄩㄣˇ。

「我們在趕時間，沒空跟你多說廢話。再說，你只是個陌生人，我們也沒必要跟你解釋。」白衣人說完便要繼續趕路。

對方冷淡的回答惹惱了唐吉訶德，他伸手抓住對方的**馬銜**，不讓對方離開。突然被抓住的馬兒受到驚嚇，驚慌的抬起前腳立了起來，把背上的人摔了下來。

這時，隊伍當中有人出聲斥責唐吉訶德的粗魯行為，這讓唐吉訶德更加惱怒，於是執起長矛，連續撂倒了兩、三人。其他人都被嚇呆了，紛紛往原野逃竄，每個人都認為是惡魔來搶棺木裡的屍體了。

一旁的桑丘入迷的看著唐吉訶德的英姿，他心想：「我家主人經常吹噓自己有多厲害，沒想到他的膽識還真不是蓋的，我真是太佩服了。」

馬銜

放在馬嘴裡的金屬器具，和轡繩連接在一起，用來控制馬的行動。

唐吉訶德走向剛才摔下馬的人。掉落在他身旁的火把，照出了他的位置。唐吉訶德走近那人，立刻用矛尖抵住他的胸口說：

「投降吧，否則我就用這支長矛刺穿你的胸口。」

「我都這個樣子了，還需要投降嗎？」倒在地上的男子嘆了口氣：

「我已經摔斷腿，想動也動不了了。求求你，把你的長矛收起來吧。如果你殺了我，就等於與整個教會為敵，這是**褻瀆**上帝的行為啊。再怎麼說，我都是有名望的修行者，將來也會是地位崇高。」

「那麼，我問你。既然你是修行者，為什麼會與地獄的幽靈同行？快回答我！」

「我當然很樂意回答你。我叫做阿隆索・羅佩斯，

褻瀆 音ㄒㄧㄝˋ ㄉㄨˊ。輕視、冒犯的態度，反義詞為「尊敬」。

出生於阿爾科文達斯。我和其他十一名修士，正要把一位先生的遺體運到**塞哥維亞**，因為這位先生的祖墳在那裡。那副棺木裡的就是這位先生的遺體。」

「我知道那位先生是位知名的騎士。那麼，殺死那位騎士的到底是誰？」

「是**黑死病**。」

「原來如此。這麼說來，仁慈的上帝還特地赦免我替這位騎士報仇的辛勞呢。對了，我叫唐吉訶德，是從拉曼查來的騎士。我的任務就是把世上扭曲的事物矯正過來。」

「你說的是一回事，做的可又是一回事。你把我原本正常的腿給扭曲了啊。別說這麼多了，快扶我起來吧。」

塞哥維亞
在馬德里西北方距離約一百公里左右的城市。古羅馬時代（西元前六～四世紀）即是個繁榮的都市，十五世紀時則是做為優質的編織物產地而聞名。至今仍存留著兩千年前羅馬人留下的水道橋。

於是，唐吉訶德叫桑丘過來，照修士的話做。桑丘卻拖拖拉拉，一直沒有過來，原來他發現這支隊伍裡的驢子身上背了很多食物，正拚命把那些食物搬下來。桑丘把自己的大衣當成袋子，能裝的食物都裝進去，再綁在自己的驢子背上。大功告成之後才過來拉起被馬壓住的修士，扶他上馬，又把掉在一旁的火把撿起來交還給他，對他說：

「如果其他修士問起，害你落得這般下場的英勇騎士叫什麼名字，你就直接告訴他們，是人稱『愁眉苦臉騎士』唐吉訶德。」

之後，修士就離開了。

黑死病

一種傳染病，由寄生在老鼠身上的跳蚤將病菌傳染給其他動物或人類。西元一三四〇年代在歐洲爆發，造成大量人口死亡。

奪取曼布利諾的頭盔

唐吉訶德問桑丘為什麼叫他「愁眉苦臉騎士」，桑丘說：

「剛才，我就著那位先生的火把，看了主人您一會兒，發現那真是愁容滿面啊。一定是在剛才那場戰鬥使盡全力、累壞了，又或是您缺了牙的緣故。好好一名男子漢缺了牙齒，真是可惜了啊。」

唐吉訶德被桑丘逗笑了，他決定從今天起就用桑丘替他取的稱號，自稱「愁眉苦臉騎士」，他甚至想在盾牌畫一張苦瓜臉。

「主人，把錢花在這種事情上，豈不是太浪費了嗎？」桑丘說：

「比起盾牌上的畫像，讓大家見見本尊不是更好？」

說到長相，唐吉訶德忽然很想看看剛才那副棺木中的死者長什麼樣子。然而桑丘說：

「過去這麼多場戰役裡，您今天的表現最英勇了。不過，如果剛才那群騎士發現對手只有您一個人，又折回來找我們算帳的話，那該怎麼辦？我看，我們還是繼續趕我們的路，找地方休息、吃飯，比較妥當。俗話說『死人埋進墳墓，活人吞下麵包』就是這個道理。」

說完，桑丘就先趕自己的驢子上路，拜託主人也快跟上來。唐吉訶德覺得桑丘說得有道理，兩人於是繼續趕路。

大約走了半小時，他們來到一處人煙稀少的山谷，在一棵枝葉茂密的大樹下休息。桑丘拿出剛才搜刮來的食物，兩人飽餐了一頓。

隔天早上，這對體力完全恢復的主僕又繼續趕路，總算走到　條大馬路上了。

這時唐吉訶德發現有一名騎士頭上戴著像黃金一樣閃閃發亮的頭盔，騎馬朝這裡走來。

「看哪，桑丘，你看那邊！那個騎士頭上戴的頭盔，一定就是曼布利諾的頭盔啊！」唐吉訶德只看了一眼，便興奮的大叫。

桑丘聚精會神望向遠方，對主人說：

「我也看見一個人騎著一頭驢子，正朝我們這邊走來。他頭上戴著一頂閃閃發亮的東西，不知道是什麼。」

「就是那頂！那頂就是曼布利諾的頭盔。那個騎士騎的也不是驢子，而是一匹有白色斑點、銀灰色毛的駿馬。桑丘，你在一旁看著不必插手。無論如何，我一定要得到那頂頭盔，你就看我怎麼把它搶過來吧。」

實際上，卻是這麼一回事：

這附近有一大一小兩個村子。由於小村子裡沒有理髮師，住在大村子的理髮師偶爾也會到小村子做生意。這一天，小村子裡有客人要刮鬍子，理髮師就帶著黃銅臉盆出門了。很不巧的，半途中下起雨來，理髮師不想淋濕新買的帽子，就把臉盆蓋在頭上。

從遠處看，黃銅臉盆確實是金光閃閃。可憐的理髮師不知道有人正打著他的主意，當他走近時，唐吉訶德便策馬向前，一口氣衝向他，大聲喊道：

「喂！那邊的人給我站住！看你是要一決高下，還是要乖乖交出頭盔。那頂頭盔是屬於我的！」

理髮師做夢也沒想到會有這種事發生，他嚇得像兔子一樣跳起來、滾下驢背，腳才剛著地，就像長了翅膀似的逃走了。

唐吉訶德根本不打算追上去，因為理髮師逃跑的時候，慌亂之中把臉盆掉在地上了。想要的東西既然已經得手了，就不必趕盡殺絕。

騎士大人等桑丘追上來，命令桑丘幫他把頭盔戴上。桑丘拿著那個「頭盔」，仔細端詳了好一會，大聲說道：

「哇！這臉盆還真是精美，拿去賣的話，說不定能賣個八里爾呢。」

接著，想要先幫主人把頭盔戴上，可轉來轉去，卻怎麼也找不到面罩。此外，這頂頭盔也太大了，不適合唐吉訶德。

「看來剛才戴著這頂頭盔的騎士頭相當大呢。」唐吉訶德說：

「而且，頭盔上連面罩也沒有，真可惜。這頭盔可能是黃金打造的，有人把面罩拿走了。不知道這村子裡有沒有鐵匠，能修復這頂舉世無雙的頭盔呢？總之，先戴著它上路吧。萬一遇上投石大戰，就能派上用場了。」

「那也要石頭像下雨一樣，從天上掉下來，才擋得住啊。萬一像遇上牧羊人的時候一樣，從側面飛過來的話就糟了。您不但牙齒被打斷，裝費艾拉布勒斯香精的罐子也被打飛了呢。」

「損失那些香精我並不覺得可惜，它的作法早已牢牢記在我腦子裡，改天再做就行了。」

「我也用我的肚子牢牢記住了。萬一有天我又必須再喝一次那詭異的液體，那就是我命該絕的時候了。話又說回來，主人，那匹長得和驢子一模一樣的灰馬要怎麼處理？那個倒楣的理髮師把牠留下來了。看他逃跑的樣子，我想是不會再回來了。這匹馬還真是健壯啊。」
「在戰鬥中奪取敗者的東西，並不符合騎士精神。」唐吉訶德說：
「不過，如果勝者在戰鬥中損失了自己的馬，那就另當別論了，那樣的話，勝者就可以接收敗者的馬。所以啊，桑丘，這匹馬就留在這裡吧。不久之後，牠的主人會回來找牠。」
「可是，主人，我真的很想把牠帶走啊。」桑丘不死心的說：
「至少把我的驢子跟牠調換也好啊。我那頭驢子已經老了，換頭驢子也不行嗎？騎士精神還真是不知變通哩。不然，換牠身上的馬鞍總可以吧？」
「其實這也是不合規定，不過必要的情況下就破例一次吧。」
桑丘急忙換了馬鞍。之後，兩人吃了昨天剩下的食物，再度上路。他們讓羅西南提隨意前進，繼續他們的旅程。

讓囚犯重獲自由

「主人啊，您能聽我說幾句嗎？」桑丘畏畏縮縮的說。

「說來聽聽。你可要長話短說，老是聽你說些長篇大論，我都厭煩了。」

「這幾天，我一直在想，我們在這種人煙稀少的地方追尋冒險，不會有什麼收穫的。就算打了勝仗，您的事蹟不會傳到世人耳裡，人們也不會傳頌您的智慧和勇氣。我想，我們是不是該去投靠某位國王，或是某位能重用您的人士，這麼一來，不但可以獲得許多賞賜，您的事蹟也會被記錄下來，永遠流傳下去。我並不是為了自己才這麼說的。我只是隨從，是個配角。當然，如果騎士守則提到要替隨從留下紀錄，把我的事蹟寫進去，我也不反對。」

「你說的這些並沒有錯。可是，桑丘啊，騎士在名留歷史之前，一定要先走遍世界各地，經歷讓他揚名天下的冒險才行。一旦成名了後，他的所作所為都會被世人傳頌，我們就不用去投靠國王，各地的國王都會想盡辦法，邀請我到他們的城堡去。這麼一來，我就成了騎士的楷模，說不定不久之後我自己也成為國王了呢。」

「如果您經歷了大大小小的戰役，最後終於當上國王，那我呢？我這可憐的隨從，時時刻刻都期盼著能夠獲得賞賜啊。」

「桑丘，只要我登上王位，馬上就會實現我的諾言，我會提拔你當騎士，還會賞賜你一塊領地。到時候，你那邋遢的鬍子可要每天刮乾淨啊。否則，別人從一公里遠的地方，就能看穿你的來歷了。」

「那當然。如果真有那麼一天，我會在城堡裡把鬍子刮得一乾二淨，您不用擔心。主人，鬍子的事就留給我操心，您只要想辦法當上國王就好了。」

「這我知道。」唐吉訶德說。

這時，唐吉訶德抬頭一看，遠方好像有什麼在接近的聲音，他提高警覺。

原來那是一支押解囚犯的隊伍。每個囚犯都被戴上手銬，用一條鐵鍊綁在一起。隊伍中騎馬和步行的衛兵各有兩名。騎馬的兩人當中，有一人拿著槍，步行的兩人則拿著長矛和劍。

桑丘看見那一行人，馬上對唐吉訶德說：

「主人，您看。那些是罪犯，為了懲罰他們，衛兵要押他們上**囚犯船**服勞役了。真可憐。」

「你的意思是說，他們是被強迫的？」唐吉訶德問桑丘。

「我想是的。」桑丘回答。

「如果真的如你所說，那我就要想辦法拯救那些不幸的人了。」

「主人，請您別插手。國家不會輕易放過犯法的人，這些人一定是犯下什麼重罪，國王才決定好好懲罰他們。」

囚犯船

當時的軍艦，主要是靠人力划動整排的大型船槳來前進。在需要大量人手的情況下，多由囚犯或奴隸擔任，因此又稱為「囚犯船」。

「至少讓我問問他們到底犯了什麼罪吧。」

兩人談話之間，押解囚犯的隊伍已經走近了。唐吉訶德走向衛兵，有禮的詢問他們，為什麼要把這些人綁在一起。

「這些囚犯都犯下了滔天大罪。」其中一名衛兵回答：

「他們要上囚犯船去做苦工。這樣回答您滿意了吧，騎士大人。」

「光聽一個人的片面之詞可不行。」唐吉訶德不肯罷休，

「在下想問問他們每個人都犯了些什麼罪。」

「我們當然有這些犯人的筆錄和判決書，但現在沒空在這裡念給您聽。您如果那麼想知道的話，就自己問問他們吧。」

唐吉訶德聽了，立刻走向第一個囚犯，問他：

「你到底犯了什麼罪，為什麼受到這麼殘酷的對待？」

「我只是戀愛了。」男子回答。

「就因為這點小事，就要把你用鐵鍊綁住嗎？」唐吉訶德驚訝的說：

「如果戀愛的人都要受到懲罰、被送上囚犯船的話，我早就該在船上了。」

「不過，我的對象跟您所想的可能有點不一樣。我愛上了一位樵夫身上的金幣，當場被逮個正著，被判鞭刑兩百下、在囚犯船上服刑三年。」

唐吉訶德接著問第二個囚犯，但是他並沒有回答，只是滿臉哀傷，低著頭往前走。

第一個囚犯代替他回答：

「他是我們當中出了名的金絲雀。先生，您也知道，沒有什麼比嗚嗚咽咽唱著歌更糟糕的事了。」

「這我可聽糊塗了。」唐吉訶德說：

「我倒是經常聽人家說，唱歌可以排解憂愁呢。」

「這些人所說的唱歌，跟一般的唱歌可不一樣呀。」其中一名衛兵解釋：

「嗚嗚咽咽唱著歌，指的是在拷問之下認罪的意思。也就是說，這個人受不了拷打，最後還是認罪了，所以遭其他囚犯嘲笑。總之，這個人承認他偷了馬，被判刑六年。」

唐吉訶德又陸續問了其他囚犯，他們也都一一回答，罪名可說是千奇百怪。唐吉訶德最後問到的囚犯是個年約三十歲，一臉凶惡的男子。比起其他囚犯，他被綁得更緊。唐吉訶德問他原因，其他囚犯卻搶著回答：

「大人，那是因為他幹的勾當比我們嚴重多了。不知道您有沒有聽過大名鼎鼎的盜賊希內斯．巴薩蒙提？就是這個人。」

大盜聽見自己的名號，便大聲說：

「大人，我們每個人都把經歷說給您聽了，您是不是也該給我們一些好處？如果您沒有這個打算的話，就快點離開吧。要是您想知道更多關於我的事，有一本我親自寫的書，您看完就會明白了。」

「他說的是真的。」一名衛兵插話：

「那本書寫得還真不錯。只是，這個人欠了兩百里爾，那本書現在也被監獄當成抵押品了。」
「不管要花兩倍、甚至十倍的錢，總有一天我會贖回來的。」那名大盜說。
「那本書真的這麼有趣嗎？」唐吉訶德問。
「豈止有趣，所有**惡漢小說**加起來，都比不上我那本書哩。」
「那本書寫完了嗎？」
「怎麼可能寫完？我的一生還沒結束呢，書裡寫的是我從出生到上次被抓為止的經歷。」
「這麼說來，這不是你第一次被押上囚犯船？」唐吉訶德問。
「承蒙上帝和國王的旨意，我在船上待過四年。多虧這四年，我飽嘗黑麵包和皮鞭的滋味。不過，我也沒

惡漢小說
以小偷、流氓等社會底層人物為主角的小說。

有特別想家。在船上，有的是時間讓我繼續寫書。」

「看來你是個很能幹的人。」唐吉訶德佩服的說。

「只是運氣差了點。」希內斯說：

「天才總是走霉運的。」

「壞蛋才走霉運。」衛兵補了一句。

這時，唐吉訶德對所有囚犯說：

「親愛的兄弟，聽完你們所說的話，經過一番思考，我得到以下的結論：雖然你們犯了罪必須受懲罰，卻絕非心甘情願受罰。你們聽著，我這一生最大的心願就是幫助那些遇到困難的人。只要是被壓迫而受苦的人，我都會站在他那一邊。」

接著，唐吉訶德轉向衛兵，溫和的向他們提出請求。他說：

「解開這些囚犯的鐵鍊，放他們自由吧。應該還有更多比他們更適合替國王做事的人。我認為人生來就是自由的，這也是上帝和造物者的旨意。把人當奴隸使喚，未免太殘酷了。如何？答應在下的請求吧。要是你們不答應，我會用手上的長矛和劍讓你們答應的，明白嗎？」

「真是天大的笑話！」衛兵火冒三丈，對唐吉訶德說：

「您的意思是說，叫我們放這些壞蛋自由？我們有權力釋放國王的囚犯嗎？還是說，騎士大人您有這個權利？我看，您還是戴好您的鐵臉盆，管好自己的事吧。」

衛兵的一番話惹惱了唐吉訶德。他一氣之下突然攻向衛兵，對方閃避不及，被唐吉訶德刺倒在地。唐吉訶德也真是走運，被擊倒的衛兵，剛好就是拿槍的那一位。看見拿槍的同伴一下就被打倒了，其他衛兵都嚇得不知道該如何是好。等他們回神之後，便一起撲向唐吉訶德。

若是這時候沒有桑丘幫忙犯人解開鎖鍊，讓他們逃跑，這位騎士大人一定已經被打得不成人形了。囚犯一邊逃，一邊朝衛兵丟石頭。衛兵則是一邊閃躲，一邊追捕四處逃竄的囚犯。也因為這樣，唐吉訶德才能全身而退。

「主人，趁現在，我們快躲進樹林裡吧。」桑丘說：

「衛兵抓完囚犯，一定會馬上回過頭來抓我們，不趕快躲進山裡，我們可就完蛋了。」

「可是，我還必須做一件事。」唐吉訶德說。這時，追捕囚犯的衛兵反而被囚犯壓制，身上的衣服也被扒個精光。唐吉訶德把囚犯都叫過來，對他們說：

「高尚的人受了別人的恩惠，一定會知恩圖報，不知感恩是神所不容的罪行。我這麼說，無非是想提醒你們我所做的事。如果你們懂得感恩的話，就帶著我替你們解開的鐵鍊到托波索村去吧。去謁見我那心愛的杜爾西內亞．台爾．托波索公主，告訴她，你們是因為『愁眉苦臉騎士』才得救的。然後，把我今天的事蹟一五一十告訴她。之後，你們就自由了，愛去哪裡就去哪裡吧。」

大壞蛋希內斯．巴薩蒙提代表全體囚犯回答：

「騎士大人，雖然您是我們的救命恩人，您交代的事，我們可辦不到啊。要我們大搖大擺的走在路上，太不符合本性了。我們現在應該要分散開來，各自鑽進地道逃跑才對啊。不過，我們也不是不知道感恩的人，為那位什麼公主禱告的話，倒還做得到。不管白天、晚上、還是逃亡路上，要我們什麼時候禱告都行。」

唐吉訶德聽完勃然大怒，大聲喝道：

「你居然有臉說這種話！既然如此，管你們是什麼來歷，本騎士只好用我這把劍，叫你們乖乖背著鐵鍊去托波索了。」

希內斯本來就沒什麼耐心，隨即向同伴使了個眼色。其他囚犯早就等得不耐煩，立刻把拳頭和棍棒全都招呼在這兩個冒失的主僕身上。唐吉訶德舉起盾牌抵擋，卻招架不住。他向羅西南提揮了一鞭想趕緊逃跑，這匹笨馬偏偏像一座銅像似的，一動也不動。

桑丘躲在驢子底下，躲過了攻擊。騎在馬上的唐吉訶德卻被一顆大石頭打中，摔下馬來。接著，其中一名囚犯撲向唐吉訶德，把他頭上的臉盆摘下，又打了他三、四拳，然後跟同伴一起把唐吉訶德披在盔甲上的外袍扒下，差點連襪子都不放過，還好唐吉訶德的腿上穿著**腳鎧**。

桑丘的大衣也被脫下，幾乎只剩下內衣褲在身上。囚犯們擔心有追兵，迅速瓜分了從兩人身上搶來的東西，一溜煙逃走了。

現在只剩下驢子和羅西南提、桑丘和唐吉訶德了。驢子若有所思，靜靜的待著；羅西南提也彷彿替主人感到悲傷，一動也不動。桑丘身上只剩下內衣褲，還得擔心那些衛兵找來的追兵是不是快趕到了，唐吉訶德則是想到自己對那些傢伙有恩，反而受到這麼粗暴的對待，心裡很不痛快。

腳鎧

鎧，音ㄎㄞˇ，用來保護腿部膝蓋以下，是鎧甲的一部分。

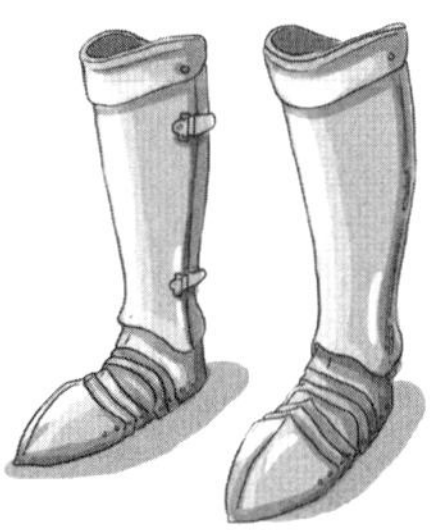

山中修行

唐吉訶德好不容易從打擊中恢復後，轉頭對桑丘說：

「桑丘，這就是我常聽人家說的，對惡人施恩，如同對牛彈琴。剛才要是聽你的勸告，我們就不用受到這麼無情的對待了。不過，已經發生的事也不能重來，從今以後，我會三思而行的。」

「主人，您要是不希望再惹上麻煩，那您真的要仔細想想。流浪騎士也是會遇上追兵的。我有預感，我們就快被逮捕、五花大綁了，我現在擔心得不得了。」

「桑丘，看來你天生就是個膽小鬼。為了不讓你認為我固執、總是不聽勸告，這次我就聽你的，我們暫且避開步步近逼的危險吧。但是你要記住，以後不管你是不是在跟別人開玩笑，都不准對別人說我是因為害怕才逃跑的。」

「主人，迴避跟逃跑是不一樣的。深思熟慮的人，會懂得為明天做準備，不會一下耗盡力氣。我雖只是個窮農夫、普通人，但我有個原則，就是絕不能犯罪被抓。主人，聽我的勸告，您絕對不會後悔，快騎上羅西南提跟我走吧。我的直覺告訴我，再不走就完蛋了。」

於是兩人快馬加鞭，直往山裡去。桑丘打算先在山裡待一陣子，如果追兵沒有追來，再越過這座山，前往另一頭的村莊。

不過，唐吉訶德在山裡睡了幾天之後，好像被山靈附身一般，越走越往崎嶇的深山裡去。桑丘又再度擔心了起來，他對唐吉訶德說：

「主人，我知道我不應該多嘴，可是您走進這種連路都沒有的地方，到底想做什麼呢？這種地方可沒有適合騎士出場的冒險啊。」

「住口！桑丘。你根本不懂什麼是騎士的冒險，才會說出這種話。隱居深山、全心全意思念著公主，每天艱苦修行直到昏過去為止，這才是最適合高尚騎士的生活。」

兩人說著說著，走到一座高山的山腳下。那是一片翠綠的草地，四周圍繞著懸崖峭壁，旁邊還有小溪潺潺流著。草地上綻放著美麗的花朵，好一幅祥和的景象。

比起欣賞風景，桑丘更想吃麵包。然而唐吉訶德說：

「這正是我夢寐以求的地方啊！在這裡，我可以一邊思念杜爾西內亞·台爾·托波索公主一邊修行了。」

接著，這位愁眉苦臉的騎士便像朗誦詩詞一樣讚美周圍的景色，祈求美麗的公主帶給他好運。唐吉訶德一下馬，便轉身對桑丘說：

「桑丘，你到托波索村去幫我辦件事，三天之後你再出發。」

「如果我非去不可的話，那我寧可早點出發。」

「別說傻話了。這三天你要仔細看著我，然後把我艱苦修行的樣子一五一十告訴公主，這是我派給你的任務。」

「唉，我不知道您想做什麼，只希望您的頭別撞上岩石就好了。」

接下來的兩、三天，騎士又對桑丘說起騎士小說和杜爾西內亞公主那無與倫比的美貌。但是桑丘打從一開始就對這些話題不感興趣，他乾脆請主人寫一封信給公主。

「主人，我天生記性就不太好，要是忘記要對公主說什麼就糟了。」

唐吉訶德在記事本上寫完信後，便立刻開始了他的修行。他脫下盔甲，身上只剩下一件襯衣，翻起跟斗。桑丘簡直不敢相信自己的眼睛，趕快對唐吉訶德說，他已經完全了解修行的情況，匆匆下山去了。

桑丘下山之後，改走大路朝托波索村前進。

第二天，桑丘來到一家似曾相識的旅館。原來是之前桑丘被捆在棉被裡拋來拋去、被欺負得很慘的那間旅館。桑丘正好餓了，想進去填飽肚子，卻擔心進去之後又會被捆在棉被裡，因此猶豫不前。

這時，剛好有兩名男子從旅館走出來，看見桑丘便急忙上前。原來這兩人是唐吉訶德的好朋友——村子裡的神父和理髮師，之前把唐吉訶德的騎士小說燒個精光的就是他們。

「桑丘，你們家主人呢？」神父問道。

桑丘心想，假如不小心說出來，妨礙主人修行就不好了，但在兩人的威脅利誘之下，終究還是滔滔不絕的把這些日子以來發生的事說了出來。

神父和理髮師聽桑丘說完都感到十分驚訝，討論著要想個辦法，把唐吉訶德帶回村子裡去。這時，神父想到一個有趣的方法，很像唐吉訶德喜歡的騎士小說中會出現的情節。

計畫大致上是這樣的：神父打扮成出門流浪的少女，理髮師則喬裝成少女的隨從，兩人進山裡找唐吉訶德。少女見了唐吉訶德，便哽咽的訴說自己被邪惡騎士緊追不放，請唐吉訶德一定要幫助她。這麼一來，唐吉訶德一定會答應幫忙，跟著少女一起下山。

「真是妙計，妙計啊。」

理髮師也拍手贊成。兩人商量著要怎麼喬裝打扮，才不會被唐吉訶德看穿。

神父和理髮師立刻去找旅館的老闆娘商量，請她協助他們喬裝。於是神父穿上貴婦人的服裝、臉上掛著黑色面紗，以免被認出來。理髮師也在自己臉上仔細貼上黑鬍子。桑丘看見兩人喬裝的模樣，簡直目瞪口呆。

兩人對桑丘說，唐吉訶德眼下做的事一點都不像騎士該有的行為，根本是在浪費時間。桑丘也覺得有道理，決定為兩人帶路。

三人離開村子後，神父突然覺得穿著女裝走在路上有點難為情，在半路上和理髮師互換了角色。走了一段時間，來到莫雷納山脈。桑丘以為很快就能找到唐吉訶德，但山路錯綜複雜，讓他完全迷失方向了。

三人四處找路的時候，剛好有一位農村少女經過。少女禮貌的向三人打了招呼，便繼續往前走。神父看見少女的模樣，突然想到一個好主意，把少女叫住了。神父畢竟是神職人員，認為自己喬裝騙人有些不妥，於是想請少女扮成公主，理髮師則充當公主的隨從。少女名叫德羅蒂亞，她的五官立體、長相清秀，用字遣詞也相當高雅。

只要看見這位少女，唐吉訶德一定會發揮流浪騎士的精神，對這樣一位公主伸出援手。於是，神父便使出他最擅長的傳教口吻來說服少女。

少女一開始有些猶豫，最後還是答應了。神父也終於換回自己原本的服裝。只是，要是被唐吉訶德認出來就穿幫了，因此決定即使找到唐吉訶德，他還是要盡量把臉遮住。

就這樣，神父、桑丘、重新貼上鬍子的理髮師，還有新加入的德羅蒂亞，一行人便上路尋找唐吉訶德。在神父眼裡看來，悠哉的騎著驢子的德羅蒂亞，真的像極了公主。

加入德羅蒂亞的一行人又走了好一段時間，走了四公里左右，一行人終於在滿是岩石的地方找到唐吉訶德了。

騎士還是沒穿上盔甲，衣服倒是穿上了。德羅蒂亞聽到桑丘說那位就是唐吉訶德大人，便照著神父的計畫，走向唐吉訶德，跪在他面前。唐吉訶德正想問這位少女是什麼來歷，德羅蒂亞就先開口了：

「您就是大名鼎鼎的唐吉訶德大人嗎？如果是的話，想必您會用您強大的力量，對不幸的女子伸出援手吧。我是個遭遇許多不幸的人，因為仰慕您的大名，才從遙遠的國度到這裡來投靠您。」

聽完少女說的話，唐吉訶德對她說：

「這位素昧平生的公主，無論如何，請您先站起來吧。如果您不站起來，我怎麼聽您說下去呢。」

「不，騎士大人，如果您不答應我的請求，我就不起來。」德羅蒂亞悲傷的說道。

「好吧，那我就先答應了。不過，您的要求不能危害我的國王、祖國，還有已經得到我的心與自由的那位公主，也不能對他們造成困擾。」

「當然不會的，我只請求您現在立刻跟著我走。這一路上，請您別又答應其他人的請求或是涉入其他冒險。否則，您就違背了對我的承諾。」

「我知道了。」唐吉訶德嚴肅的說。

少女勉強自己要親吻唐吉訶德的手，騎士卻拒絕了。他扶少女起身，叫桑丘檢查羅西南提的馬具，再把掛在樹上的盔甲拿過來。

「那麼，在上帝的見證下，奉高貴的公主之命，出發吧！」

理髮師一直跪在地上強忍著笑，要是不小心笑出來，貼在臉上的鬍子可能就會掉了。唐吉訶德並沒有察覺異狀，他扶德羅蒂亞坐上驢子，自己也跨上羅西南提出發了。

走了一段路之後，前方出現了神父的身影。他一直躲在暗處，看計畫進行得很順利，便在唐吉訶德一行人面前現身。神父一一問候每個人，而毫不知情的唐吉訶德，還向神父介紹德羅蒂亞公主。

加入神父的一行人又繼續前進。不一會兒，唐吉訶德就對德羅蒂亞公主說，他想知道公主這些日子以來受了什麼苦，希望公主能告訴他。既然被問起，德羅蒂亞就依照神父教她的說詞，開始訴說那一段捏造的悲慘身世。

德羅蒂亞公主說她是某位國王的獨生女，父王母后都過世後，剩下她孤伶伶一個人，此時有個名叫龐德費蘭多的巨人來到她的國家，將她綁走帶回自己的國家，逼迫她嫁給他當皇后。

有一天，來了一位魔法師，他告訴公主，不妨去找唐吉訶德求救。他說唐吉訶德是住在西班牙的優秀騎士，有不輸給任何人的冒險精神以及高明的劍術。

「那位魔法師告訴我，您一定可以打敗龐德費蘭多那個無賴。若是您幫我打敗龐德費蘭多的話，我就把我的王國獻給您並成為您的皇后。」德羅蒂亞公主說。

唐吉訶德聽完公主說的話，喜出望外。他心想，自己果然是知名的騎士，在戰場上的英姿也是舉世聞名，不禁暗暗自喜。只是，如果和德羅蒂亞公主結婚，就會背叛他心目中唯一的杜爾西內亞公主了。

想到可能要背叛杜爾西內亞公主，唐吉訶德不禁一陣心痛。不過，他決定先不考慮這麼多，打敗巨人、揚名各地才是眼前最重要的事。

正所謂有什麼樣的主人，就有什麼樣的隨從。桑丘心想，照這樣發展下去，不久之後自己也會得到主人賞賜的一些領地，忍不住越想越興奮。

這奇特的一行人總算抵達了旅館，也就是桑丘被欺負得很慘的地方。桑丘有些抗拒，但又不能一個人睡在外面。

旅館老闆看見唐吉訶德和桑丘，便按照神父之前的吩咐，出來歡迎這位騎士和他的隨從。有神父同行，旅館老闆也就放心了，於是在同一間房間裡，鋪上比之前好一點的床。唐吉訶德已經累壞了，立刻就鑽進被窩。桑丘雖然害怕會像上次那樣被捆在棉被裡拋來拋去，但沒過多久，他也沉沉睡著了。

這時，理髮師已經把臉上貼著的鬍子撕下了。神父對他說：

「現在你恢復成理髮師，唐吉訶德一定會問公主的隨從到哪裡去了，我們就對他說，那名隨從先回公主的領地打探消息去了。」

另一方面，旅館老闆覺得這一行人實在很有意思，便對著神父和理髮師說起最近讀的流浪騎士小說中的情節。故事才要說完，只見桑丘從唐吉訶德房裡衝出來，一邊喊著：

「不好了！大家快來幫忙！主人正在和公、公主的敵人打得激烈，他拔劍砍向那個巨人了！」

眾人嚇了一跳，不知道發生什麼事，不過確實聽見了嘈雜的聲響和唐吉訶德的大喊。喊叫聲中，還夾雜著用劍猛砍牆壁的聲音。桑丘接著說：

「我看，已經不用擔心了。巨人一定被主人打敗了。我剛才看見地上都是血，還有一顆像葡萄酒瓶一樣大的頭在地上滾哩。」

旅館老闆被桑丘這一番話給嚇壞了。唐吉訶德的枕頭邊正好放著裝滿紅葡萄酒的皮囊。唐吉訶德砍下的那顆巨人頭，一定是那只大皮囊。

旅館老闆急忙奔向房間，其他人也跟了過去。

大夥進了房間，只見唐吉訶德一身滑稽的打扮。他只穿一件上衣，露出瘦長的小腿，頭上戴著一頂沾了油污的紅色貝雷帽。他右手拿著劍胡亂揮舞，嘴裡大聲念念有詞，看來應該是在夢中和巨人打鬥了。

看見房間被弄得亂七八糟，旅館老闆怒氣沖天。他憤怒的衝上前去，對唐吉訶德一陣拳打腳踢。幸好神父和理髮師及時把老闆拉開，否則老闆一定會被當成巨人，成為劍下冤魂了。

最後，理髮師用一個大臉盆裝滿水，潑向唐吉訶德。唐吉訶德總算醒了，卻根本不知道自己剛才做了什麼事。桑丘到處找不到巨人的頭，一臉茫然的說這家旅館一定是被施了魔法。旅館老闆聽見桑丘這麼說，又忍不住火大起來，但一想到這對主僕都是一個樣，也只好一笑置之了。

理髮師和神父對唐吉訶德連哄帶騙，好不容易讓他躺回床上之後，兩個人都累壞了。

但是，他們還有幾件麻煩事要解決。除了要說服桑丘這裡根本沒有巨人的頭，更麻煩的是要安撫氣沖沖的旅館老闆。神父答應老闆一定會賠償，這才得以收場。

一行人在這間旅館待了兩天。該怎麼做才能讓唐吉訶德乖乖跟他們回村子呢？何況也不能一直留德羅蒂亞公主跟他們一起。光是這些問題，就讓神父和理髮師傷腦筋了兩天。

最後，兩人終於有了結論。他們向假扮成德羅蒂亞公主的農村少女道謝，給了她足夠的錢。趁唐吉訶德還沒睡醒，把少女送走了。

之後，神父叫住碰巧經過的牛車車夫，請他幫忙把唐吉訶德送回村子。神父緊急用粗大的木頭製作一個籠子，再把籠子放在牛車上。接著，幾個人小心翼翼，合力把熟睡中的唐吉訶德抬進籠子裡。

同時，受神父之託，旅館老闆召集了一些朋友，請他們假扮成歡送流浪騎士的隊伍。當這支牛車隊伍載著唐吉訶德準備啟程時，這位騎士大人終於醒了。他發現自己被關在木籠裡，周圍也都是一些不認識的人，認為自己一定是被施了魔法，成了被囚禁的騎士。

隊伍裡唯一沒有變裝的是桑丘。沒有人告訴桑丘這個計畫，他的眼睛不停打轉，想知道到底發生什麼事。這時，已經變裝的理髮師對睡醒的唐吉訶德說：

「久仰了，愁眉苦臉的騎士。把您關在籠子裡，不為別的，我們必須盡快結束您的冒險之旅。此刻，那位杜爾西內亞公主，正引頸期盼和您舉行一場幸福的婚禮。為了您心愛的公主，我們必須快點離開這裡。」

唐吉訶德聽了，從籠子裡環顧四周，說道：

「就算如此，這輛車是怎麼回事？我讀過這麼多流浪騎士小說，從來沒有哪一位流浪騎士是坐著慢吞吞的車去旅行的。我既沒讀過、也沒聽過這種事。流浪騎士就該乘著**烏雲**、**太陽馬車**，或騎著**鷹頭獅**飛向空中，用驚人的速度旅行才對。

可是你看看這輛車，是牛拉的吧。哎，這也難怪。我所在的，是個新的時代，新時代的騎士精神和魔法與古代不同，也是理所當然的。流浪騎士早已被人遺忘的任務，將以新的方式再現，因此我會遇上和以往不同的魔法，或被帶往陌生的國度，就一點也不奇怪了。」

這時候，新的魔法生效了。

一瞬間，變裝的那一群人不見了。接著，神父、理髮師和旅館老闆出現在唐吉訶德眼前。神父雖然很擅長想一些鬼點子，但他更擅長說服別人。

「剛才，我們聽見一個可怕的聲音，叫我們護送英勇的朋友和他的隨從回到托波索村。那一定是某位魔法師的號令，他一直留意著你的動向。除此之外，沒有別的可能了，高貴的唐吉訶德騎士。」

烏雲（第157頁）

希臘神話中，眾神之王宙斯生氣時，能讓天空烏雲密布、打雷甚至引發暴風雨。

聽了這番話，唐吉訶德在籠子裡回答：

「沒錯，一定是這樣。既然如此，我們就快走吧。一想到杜爾西內亞公主，我的心就怦怦跳個不停，真想早點回到公主身邊。」

就這樣，這支奇怪的隊伍出發了。

站在隊伍前方的，是旅館老闆的兩位老朋友。為了防止唐吉訶德一行人異想天開又調頭回旅館，他們自告奮勇走在隊伍最前面。

在烈日高照的天氣裡趕路，著實不輕鬆。只有唐吉訶德欣然接受了這次的魔法，心情特別好。然而，桑丘就不同了。不知道是曬了太陽，還是感受到家鄉的味道，桑丘恍然大悟。他心想，還是要告訴主人這些人想

太陽馬車（第157頁）

太陽神赫厄奧斯駕駛戴著太陽的馬車，由四匹馬拉著，從東往西奔馳。

盡了辦法欺瞞拐騙，要把他帶回家去。

桑丘正想找機會和籠子裡的唐吉訶德說話，一行人剛好走到有樹蔭的涼爽地方休息。一群人鬧哄哄的吃著食物，籠子裡的騎士靜靜的看著大家。神父心裡過意不去，便把唐吉訶德放出來。桑丘立刻跑到騎士身邊，想偷偷告訴他大家的計畫。

然而，桑丘正要說的時候，突然不知道從哪裡傳來一陣陰森的喇叭聲。接著，小山坡另一邊出現一大群身穿白色衣服的人，正朝著唐吉訶德一行人走來。由於這個地方久旱不雨，那是一群住在附近的居民，正要去教堂祈雨。看見這詭異的一群人後，唐吉訶德又像往常一樣，認為是流浪騎士該出場的時候了。

他心想，一定是可惡的壞人綁架了某位高貴的公

鷹頭獅（第157頁）

希臘神話中，有老鷹的頭、翅膀，以及獅子身體的怪獸。傳說中負責看守金礦。

主，正不知道要把公主帶去哪裡。想到這裡，唐吉訶德再也按捺不住，立刻跳上正在吃草的羅西南提，叫桑丘把長矛和盾牌拿來，同時大聲喊道：

「拯救被囚禁的公主就是流浪騎士的任務，你們好好看著吧！」

說完，唐吉訶德就騎著羅西南提前進。可是，羅西南提不知道怎麼了，不管唐吉訶德怎麼踢、怎麼打就是沒有反應。好不容易牠跑了起來，又被大石頭絆倒，唐吉訶德也跟著摔了出去，跌得滿身灰。多虧這樣，要去祈雨的一群人才能安然通過。

雖然發生了這個插曲，唐吉訶德總算跟著這奇怪的一行人回到村子裡了。這時剛好是禮拜天下午，村裡的人都在教堂。大家得知這一行人回到村子，紛紛從教堂走了出來。桑丘的太太也出來了，兩夫妻隨即在路邊大吵一架。

這時，唐吉訶德已經回到自己的家了。年邁的幫傭婆婆和小姪女看見家裡的主人憔悴的模樣，擔心他病得很重，趕快幫他把盔甲脫下，扶他上床休息。

騎士一直盯著這兩個人看，似乎還搞不清楚狀況，只是瞪大了眼睛。神父和理髮師仔細叮嚀幫傭婆婆和小姪女千萬要好好看著，別再讓他溜出家門了。

桑頌．加拉斯科學士

兩位善良的女性所擔心的事果然還是成真了。唐吉訶德真的罹患重病，好在很幸運的痊癒了。

有一天，神父和理髮師前來探望唐吉訶德。只見這位騎士先生身穿綠色襯衣、頭戴紅色毛帽坐在床上，消瘦得像一具木乃伊。看見兩位好朋友來訪，唐吉訶德仍然周到的招呼他們，對於兩人所問的問題，也都深思熟慮之後才回答。兩人從對答中發現這位騎士大人的腦袋恢復正常了。

神父原本打算絕口不提和騎士精神有關的話題，看著唐吉訶德現在的模樣，突然改變主意，想測試看看他的騎士朋友是不是真的完全恢復正常了。於是，神父提起從**宮廷**傳來的消息，他說：

「聽說**土耳其**正不斷擴增艦隊。基督教國家都在擔心，不知道什麼時候會攻打過來呢。我們的國王陛下也頒布命令，要軍隊好好防守**拿坡里**、**西西里島**和**馬爾他島**的海岸。」

唐吉訶德聽完，慢條斯理的說：

「陛下的作法沒有錯。不過，要是陛下想聽取我的意見，我倒是可以告訴他更好的方法來度過這個難關。」

「什麼方法？」神父若無其事的問，心裡想著糟糕，看來他還沒完全恢復正常。

「什麼方法？很簡單。陛下只要頒布命令，讓整個西班牙的流浪騎士到皇宮集合就好了。只要召集五、六

宮廷
國王居住的城堡。是國王和貴族、官員一起討論政事的地方，同時也是上流社會人士交際的場所，為文化、藝術發展提供了舞台。

名騎士，要打敗土耳其的軍隊簡直易如反掌。流浪騎士單槍匹馬就能輕鬆打敗二十萬大軍，難道你們沒讀過也沒聽說過這樣的故事嗎？」

聽完唐吉訶德的話，神父和理髮師對看一眼、搖頭嘆氣。

這時，庭院突然傳來幫傭婆婆和桑丘激烈爭執的聲音。原來，桑丘想要見主人一面，幫傭婆婆卻不讓他進去，還問桑丘是不是又想讓主人變得不正常。

「被騙的是我啊！」桑丘大聲喊著：

「主人答應給我一座島，我才拋下老婆和小孩，跟著他走的，可是到現在都還沒把島給我。」

「快給我滾出去！」幫傭婆婆也生氣的對桑丘大

土耳其

以伊斯坦堡（舊名君士坦丁堡）為首都的鄂圖曼土耳其帝國（一二九九～一九二二年）。國教為伊斯蘭教，統治者稱為蘇丹。全盛時期領土包含巴爾幹半島、兩河流域、北非等地中海沿岸地區。十六世紀時經常與西班牙的無敵艦隊交戰，本書作者賽萬提斯的左手也是在海戰中受傷的。

喊：

「你好好工作就行了，哪有什麼島給你，還不快走！」

他們這樣你來我往的，神父和理髮師覺得很有意思。唐吉訶德卻擔心桑丘會不會太過激動，把有損騎士名聲的事通通說出來了，於是叫幫傭婆婆放桑丘進來。神父和理髮師知道他們多說無益便告辭離開。

唐吉訶德叫桑丘進房間，然後關上房門，親切的對桑丘說：

「桑丘老弟，聽你把我說得像個騙子，我很難過啊。我們一起離家、一起旅行；有福同享、有難同當；你被捆在棉被裡拋來拋去，我也被棍棒毆打過啊。」

拿坡里、西西里島、馬爾他島（第164頁）

「這也是理所當然的吧。我是聽了您的話，才會遇上這些慘事，您身為騎士，當然會比隨從遇到更多災難。」

「你這話就不對了，桑丘。頭痛的時候，全身也會跟著痛。我是你的主人，說起來就好比你的頭一樣。所以，當我感到痛苦的時候，你也要有同感才對。」

「說得真好聽啊。」桑丘反駁：

「可是，當我這可憐的身體被當成皮球在半空中拋來拋去的時候，主人這顆頭早就先走一步了，好像並不覺得痛苦啊。」

「絕對沒有這回事，桑丘。那時候，你的身體疼痛，可是我的心更痛啊。別說這些了，往後我們要長談，有的是機會。怎麼樣？你知不知道大家是怎麼說我的？大家對我的偉大、我的事蹟，或是我想要重建古代流浪騎士制度的新奇想法有什麼看法呢？不管是好是壞，都不需要隱瞞，好的隨從不該奉承主人，而是要實話實說。

聽好了，桑丘。要是國王耳裡總是聽到被扭曲的事實，那麼，世上一定會充滿不幸的。」

「那我就照實說了，主人您不會生氣吧？」

「怎麼會呢，想說什麼就儘管說吧。」

「那我就說了。首先，村子裡的那些人說您是個徹頭徹尾的怪人，他們也認為我是個無可救藥的傻瓜。至於您的人品或事蹟，每個人的說法都不一樣。有人說您雖然怪，卻是個快活的人；也有人說您雖然是個好人，但運氣不佳。要是把每個人的話都放在心上，我們可會煩惱得掉光頭髮哩。」

「越是有聲望的人，大家就越會挑他毛病。」唐吉訶德嚴肅的說。

「可是，這還只是一小部分而已呢。」

「還有？」

「還多的是呢。如果您想知道，我就帶一個能全部告訴您的人來。那個人就是巴爾托梅．加拉斯科的兒子，他取得了學士資格，昨天晚上剛從薩拉曼卡回來。我去拜訪他的時候，他告訴我一件事。沒想到，您的事蹟已經被寫成書出版了，書名叫做《智慧超群的騎士唐吉訶德．拉曼查》。聽說在那本書裡，我是以本名桑丘．潘薩出現的。書裡提到了杜爾西內亞．台爾．托波索公主，而主人和我所經歷的各種事情也都寫進去了。那本書的作者到底是怎麼知道這些細節的？我真的嚇了一大跳。」

「桑丘，那一定是魔法師寫的。魔法師可以運用預知能力，寫下他想要寫的事。」

「如果主人想要見他的話，我馬上去帶那位學士過來。」

「交給你了，桑丘。聽完你說的話，我也很好奇。要是不全部聽完，我恐怕會連麵包都吃不下了。」

不到十五分鐘，學士就來到大病初癒的唐吉訶德家裡，唐吉訶德誠惶誠恐的招呼他。

這名學士名叫桑頌．加拉斯科，名字聽起來很威武，個子卻不高。不過，對別人惡作劇倒是很拿手。他年約二十四歲，臉圓滾滾的，還有一個塌鼻子。看他的大嘴巴就知道，他是一個壞心眼的人，喜歡嘲笑別人。

學士看見騎士之後，立刻跪在騎士腳邊，一本正經的說：

「唐吉訶德．拉曼查大人，在這世界上為數眾多的騎士當中，您是最優秀的一位。請容我親吻您的手背。有一位名叫西德．哈默德．貝南黑利的人，已經寫下您的故事了。願上帝賜給他幸福。還有一些優秀的人，不辭辛勞的把故事從**阿拉伯語**翻譯成**卡斯蒂利亞語**，讓所有人都能欣賞。也願他們能獲得名望。」

唐吉訶德扶學士站起來，有禮的對他說：

「這麼說來，我的故事真的已經出版了？」

阿拉伯語
《可蘭經》所使用的語言，也是阿拉伯國家通用的語言。

卡斯蒂利亞語
西班牙統一前，中央到西北部比斯開灣一帶的卡斯蒂利亞王國，是當時最強大的國家。統一後，卡斯蒂利亞語成為官方語言，也就是現在的西班牙語。

安特衛普
比利時北部的港口城市。

「是的，千真萬確。總共印製了一萬兩千本吧，在巴塞隆納、馬德里、瓦倫西亞都出版了，**安特衛普**當地也正在印製呢。相信不久之後，這本書就會翻譯成各種語言，甚至讓沒有用來譯這本書的語言都沒落了呢。」

兩人說話的同時，唐吉訶德聽見羅西南提的嘶鳴聲，認為這是個好兆頭，於是決定立刻展開新的冒險之旅。他請學士指示，這趟旅程該走哪一條路比較好。

「您可以前往**亞拉岡王國**的首都薩拉戈薩。四、五天後，那座城市會舉行**馬上比武大賽**。只要您參賽，就能打敗世界上所有騎士，獲得響亮的名聲。不過，當您挺身面對危險時，千萬要保重身體。因為您的生命已經不再只屬於您一個人了，還有許多需要幫助的人，正等

位於西班牙與美洲的貿易路線上，也是以印刷業聞名的城市。

亞拉岡王國

中世紀時建於西班牙東北部的王國。是「收復失地運動」（驅逐伊比利半島上的穆斯林勢力）的主要勢力。西元一四七九年，卡斯蒂利亞女王和亞拉岡王子結婚，兩大勢力逐漸統一，形成日後的西班牙王國。

著您呢。」
「我也不贊成魯莽行事。」桑丘大聲說：
「我們家主人就像貪吃的孩子看見西瓜一樣，就算對手有一百人，他想都不想就撲上去，讓人不操心都不行。人家說大丈夫要能屈能伸，您說是吧？學士先生。

可是，有件事我要跟主人您說在前頭。如果您還打算帶我一起出門的話，打鬥的事您可要一手包辦，我只負責打理您身邊的事。對於那些不拿劍只拿斧頭、不戴頭盔只戴頭巾的混混，我也不想拔劍相向，我一點都不想被稱為勇士。話說回來，您之前說過要給我的島，我倒是很樂意收下。」

唐吉訶德答應桑丘。於是，兩人決定一星期後就出

馬上比武大賽（第171頁）
用前端磨鈍的長矛將對手從馬上擊落，是騎士間的競技項目。

發。唐吉訶德請學士不要向任何人提起這件事，無論是幫傭婆婆、小姪女，神父或理髮師。一旦走漏風聲，大家一定會反對。

桑頌．加拉斯科學士答應保守秘密，但也不忘請唐吉訶德回來之後，一定要把這趟旅程中發生的事通通告訴他。

第三次歷險

杜爾西內亞公主的宮殿

離開村子之後，主僕兩人晃蕩了好幾天。唐吉訶德忽然說想去托波索村，向杜爾西內亞公主致意。桑丘一聽，不禁打了個冷顫。他有預感，接下來可能會發生不得了的事，但也只能一邊祈禱，一邊跟著騎士走。

到了半夜，兩人總算走到托波索村。這時，村子裡的人已經熟睡，沒有半點聲音。周圍一片漆黑，桑丘盡可能慢慢前進，以免惹出麻煩。深夜裡，狗的長嚎聽起來格外陰森，偶爾也會傳來驢子的嘶鳴、豬啼和貓叫。在一片寂靜的黑夜，這些動物的叫聲彷彿幻化成不同野獸的嘶吼。

流浪騎士認為，這些聲音是公主即將遭遇不測的徵兆，於是對桑丘說：

「桑丘，快帶我去杜爾西內亞公主的宮殿。」

「唉，主人，我可看不見什麼宮殿啊，我只看見低矮的民宅而已。」
「杜爾西內亞公主一定由一些貴婦人陪著，搬到宮殿的離宮了。高貴的公主常常會心血來潮這麼做。」
桑丘很懷疑這句話的真實性。不過，更讓他擔心的是，唐吉訶德是不是又要做出什麼奇怪的事了。
「主人，您該不會叫我在大半夜裡去敲人家的門吧？要是我們這麼做的話，附近的人會以為是惡魔來了，可會造成很大的騷動哩。」
「這我知道。這裡有離宮，就表示宮殿不遠了。我們先找宮殿吧。」
兩人大約走了兩百步，終於找到宮殿了。但仔細一看，那不是宮殿，而是這個村子裡最大的教堂。唐吉訶德也立刻認出那是一間教堂。
「桑丘，這是間教堂呢。」
「是啊，主人。要是我們大半夜在墓園裡遛達的話，說不定也會被帶到地底下去呢。話說回來，您說的那位公主，該不會住在死巷裡吧？」

「別胡說八道了，怎麼可能呢。有哪個國家的城堡或宮殿是蓋在死巷裡的？」

「可是，要在這附近找宮殿的話，只有往巷子裡找了。說不定托波索村就習慣把宮殿蓋在巷子裡呢。」

「桑丘，別胡扯了。你敢再說出奇怪的話……」

「是、是，我這就閉上嘴。不過，您心儀的那位公主，如果是托波索村哪一戶人家的女兒，我應該見過一兩次才對。」

正當兩人站在教堂前說話時，有名男子牽著兩三頭驢子朝這裡走來。驢子拖著**犁**，一路上喀噠喀噠響，此人想必是住這附近的農夫，應該是天還沒亮就起床，準備要去田裡工作了，事實上也是如此。

唐吉訶德對男子說：

犁

耕地用的農具，通常由牛或馬來拉動。

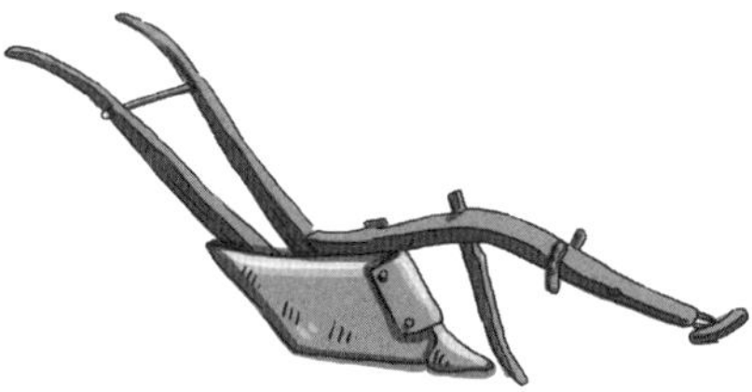

「請問，那位高貴的杜爾西內亞公主的宮殿在哪裡呢？」

「我也不清楚，這附近我並不是很熟。我四、五天前才剛來到這裡，在農地幫忙。前面那間教堂裡有神父，神父應該就會知道了，那裡有托波索村所有居民的戶籍資料。不過，我看這個村子裡沒住著什麼公主，女人倒是很多，可能在家裡都被當成公主來伺候吧。不說了，我趕著去工作呢，告辭。」

年輕的農夫說完，怕被問東問西，立刻揮鞭趕著驢子走了。

見唐吉訶德一籌莫展、臉色很難看，桑丘趕快對唐吉訶德說：

「主人，天就快亮了。太陽出來之後會很熱，不如我們先離開村子，到附近的森林去。您在森林裡休息的時候，我再回村子找，找到了再回來通知您。」

唐吉訶德也覺得這個提議不錯，於是跟桑丘離開村子，去找附近的森林。兩人走了三公里左右，總算找到一片森林。唐吉訶德下馬休息，並對桑丘說：

「去吧，桑丘。不要被燦爛的陽光迷惑了。不像我只能孤獨的在森林裡等著通知，你還大有可為呢。」

桑丘騎著騾子走出樹林，不過，他很快又折回來了。知道唐吉訶德沒有發現，

桑丘跳下騾子，坐在一棵樹的樹根上，自言自語了起來：

「唉，主人一生氣就不知道會惹出什麼麻煩事。何況，一個會做出怪事的人，根本就不可能改變他的想法。不過，如果我把路上遇見的第一個少女當成杜爾西內亞公主的話，事情就容易多了。」

想到這個方法後，桑丘的心情輕鬆多了。不過，為了讓唐吉訶德認為自己真的去了一趟托波索村才回來，所以他一直在樹下待到傍晚，而唐吉訶德也沒有發現。

桑丘起身跨上驢子時，他看見三名村姑騎著驢子，從托波索村的方向走過來。

桑丘一看，立刻騎著驢子折回唐吉訶德身邊。接著一邊嘆氣、一邊語無倫次的說著自己費了多大工夫尋找公主的下落。

「結果怎麼樣了，桑丘。有好消息嗎？」唐吉訶德問道。

「當然，有天大的好消息！主人，您不用再騎著羅西南提回到托波索村了，只

要稍微往外走，就會遇見帶著兩位侍女的杜爾西內亞公主了。」

唐吉訶德聽完，立刻衝出樹林一看，真的如桑丘所說，有三位女性從樹林另一邊朝這裡走來。不過，唐吉訶德又好像看不見似的，伸長了脖子。

「主人，您在看哪裡？那位就是公主啊。」

「可是，我只看見騎著驢子的村姑而已。」

「您的眼睛怎麼了？怎麼會把雪白的馬看成驢子呢？」

聽桑丘這麼說，唐吉訶德仍然半信半疑。三位女性漸漸走近了，於是桑丘跑到她們面前，畢恭畢敬的跪下，非常有禮貌的說道：

「美麗的公主殿下，請您稍待片刻，這裡有一位騎士，想盡騎士的禮儀，向公主請安。在下名叫桑丘．潘薩，是騎士的隨從，而這一位就是流浪騎士，唐吉訶德．拉曼查大人。」

桑丘說話時，唐吉訶德已經跪在桑丘旁邊，看著三位女性，但他似乎還不太能接受現實。她們胖嘟嘟的，沒有一個人的長相能配得上公主的身分。唐吉訶德不知道該如何是好，有好一段時間張著嘴說不出話來。

突然跑出兩個奇怪的男人跪在眼前，三名村姑也嚇壞了。被桑丘稱為公主的那位女性終於忍不住，煩躁的大聲說：

「快讓開、讓我們過去！我們沒空在這裡跟你們攪和。」

桑丘聽了之後說：

「請等一下，托波索村的高貴公主。請您用寬大的心胸，看看跪在您面前的這位流浪騎士吧，求求您。」

「你在胡說什麼？夠了！我不知道你們找我們有什麼事，我們可是忙得很。快點讓開吧，不然，我們可要硬闖了喔。」另外兩名村姑的其中一位也開口了。

唐吉訶德聽完，便對桑丘說：

「起來吧，桑丘。我已經瞭解了，**命運女神**認為我經歷的冒險還不夠。能讓我體內塵封的這顆悲傷的心得到安慰的途徑，全都被祂封閉了。我的眼睛或許也被不懷好意的魔法師施了法術。」

「怎麼樣，聽懂了嗎？聽懂的話就趕快讓路，讓我們過去！」

桑丘退到一旁，對三位女性說了聲「請」。桑丘稱為杜爾西內亞公主的那位，看見兩人讓開，立刻用手上的棒子打了一下自己騎著的白馬。當然，那匹並不是白馬，只是頭驢子。不過這一棒打得比平常還用力，驢子突然一個轉身，就把她摔出去了。

唐吉訶德見狀，急忙跑過去，想扶公主起來。桑丘則是去追驢子，好不容易才把驢子牽了回來。

唐吉訶德正想扶杜爾西內亞公主上馬，她已經自己站了起來。只見她後退兩、三步，稍微助跑之後，雙手往驢背上一撐，輕盈的跳上驢子。

「好身手！」桑丘大叫：「我們的公主真是身輕如

命運女神（第183頁）

掌控人類的幸運與不幸的女神。這裡指的是希臘神話中的雅典娜，除了守護國家，祂也掌管戰爭和命運。

燕。她這一身功夫，就連騎術最高明的老師都要向她討教了。唉呀，另外兩位女士也騎術了得呢，三個人像一陣風似的跑走了。」

桑丘說得一點都沒錯。看見杜爾西內亞公主騎上馬之後，另外兩位女性隨即跟在她後面，轉眼間已經在半哩外了。

唐吉訶德一直目送她們離開，直到看不見三人的身影，才轉頭對桑丘說：

「桑丘，你覺得如何？這就是魔法師一貫的伎倆，他們總是想剝奪我見到公主的喜悅。那些叛徒為了改變杜爾西內亞公主的樣貌，居然大費周章，把公主變成這麼窮酸、醜陋的女人，他們到底是何居心！」

「是啊，這些愛作怪的魔法師真是太不像話了。」

桑丘邊說邊聽騎士不斷咒罵著魔法師，憋笑憋得好痛苦。

「邪惡天使」劇團

兩人你一言、我一語，說了半天。接著，唐吉訶德騎上羅西南提，桑丘也騎上驢子，前往薩拉戈薩。騎士說，在那座有名的城市，每年都會舉辦盛大的慶典，要趁慶典還沒結束之前趕到那裡，叫桑丘跟著他。

唐吉訶德一邊前進一邊回想著那些魔法師的詭計，他們居然把杜爾西內亞公主變成這麼醜陋的鄉下女人！

這時，有一台馬車從轉角轉了進來。車上坐著好幾個奇裝異服的人。仔細一看，車夫竟然是可怕的惡魔。

沒有車頂、也沒有車棚的車上坐著**死神**，死神旁邊坐著背後有一對白色大翅膀的天使。另外，還有頭戴金色王冠的國王、**邱比特**，以及身穿盔甲的騎士。

桑丘擔心的事還是發生了。唐吉訶德看見這一行人之後，認為這又是一場新的冒險，於是擋在馬車前面，語帶威嚇大聲喊道：

「喂、慢著！這台惡魔駕的馬車上面坐的是什麼人？你們要去哪裡、又想幹什麼？」

「我們是『邪惡天使』劇團的演員，正在四處巡迴表演。今天為了趕去下一個村子表演，才會直接穿著戲服趕路的。」

聽見扮成惡魔的男子這麼回答，唐吉訶德不再追問，桑丘也鬆了一口氣。

然而，由於一位演員遲到，又有狀況發生了。遲到

死神

掌管死亡的神。通常被描繪為披著黑衣、手持鐮刀的骷髏，有時會駕著馬車出現。

的演員是一名小丑打扮的男子，好不容易趕上其他人，在馬車周圍高興得團團轉，身上的鈴鐺也發出刺耳的聲音。

男子就這樣來到羅西南提前面。羅西南提受到驚嚇，也不管主人還坐在背上，用驚人的速度衝向附近的原野。

桑丘擔心主人的情況，急忙追了上去。總算追上之後，只見唐吉訶德已經躺在地上，羅西南提也倒在主人旁邊了。

這匹瘦馬每次遇上意想不到的事，幾乎都會演變成這樣。桑丘把唐吉訶德扶起來，好不容易才讓他騎上又站起來的羅西南提。

邱比特（第187頁）

愛神。希臘神話中稱為「厄洛斯」、美麗女神阿芙蘿黛蒂之子。模樣通常為長著翅膀、拿弓箭的少年，總是頑皮的亂射手中的箭，使被射中的人們彼此相愛。

一騎上馬，想到自己的尊嚴被那樣踐踏，氣沖沖的騎士便對著已經走遠的劇團演員破口大罵。

唐吉訶德的聲音實在太大，演員們也都聽見了。仔細一聽，全都是不堪入耳的話。他們憤而下車，紛紛撿起石頭準備反擊。

唐吉訶德正想拔劍，想到對手並不是騎士，便讓羅西南提調頭離開了。一直擔心主人是不是又要闖禍的桑丘捏了一把冷汗，當他看見騎士調頭離開，心中的大石頭總算放下了。

森林裡的一夜

走著走著，太陽已經西下，主僕兩人正好來到一座森林。唐吉訶德躺在一棵橡樹下，桑丘也躺在主人旁邊。

兩人才剛昏昏沉沉睡著，騎士就被附近的聲響驚醒。他睜開眼睛一看，看見不遠處有兩名騎著馬的男子，其中一人下了馬之後，對另一人說：

「你也下來吧，下來把馬栓在樹上。這裡有很多馬可以吃的草，看來很適合休息一晚。」

那兩人躺在草地上時，身上的盔甲發出鏗鏗鏘鏘的金屬聲。唐吉訶德聽了便認為兩人一定是流浪騎士。於是，唐吉訶德悄悄靠近桑丘、把桑丘搖醒，在他耳邊說道：

「快醒醒，桑丘。冒險的時候到了。」

「如果是值得冒的險就好了。」桑丘一邊揉著眼睛一邊說。

對方聽見附近有說話聲，嚇了一跳，大喊：

「是誰？誰在那裡？是沉醉在歡愉裡的人、還是沉浸在悲傷裡的人？」

「在下是沉浸在悲傷裡的人。」唐吉訶德回答。

「那麼，請到這邊來吧。這裡也有一位愁容滿面的人呢。」

唐吉訶德接受邀約，走向那位騎士，兩人立刻聊起來了。然而當那位騎士說他心儀的卡西蒂亞．班達莉亞公主是世界上獨一無二的公主，唐吉訶德心裡很不是滋味。

「公主也惦記著我呢。」那位騎士繼續說：

「公主吩咐了許多事，最後，她命令我走遍西班牙各個城鎮，讓所有流浪騎士都承認她是世界上最美麗的人，並承認我是世界上最優秀的騎士。因此，我流浪到西班牙的許多地方，打敗許多心高氣傲、不認同我的人。其中，最值得我驕傲的就是打敗了那位有名的唐吉訶德．拉曼查，還讓他承認卡西蒂亞公主比杜爾西內亞公主更美麗。如果唐吉訶德已經打敗了所有的騎士，那打敗他的我，當然就是名聲最響亮的騎士了。」

聽這位**素昧平生**的騎士滔滔不絕說著，唐吉訶德驚訝得說不出話來。當然，他已經在心裡咒罵那位騎士千百遍「騙子！閉嘴！」但還是強忍住，冷靜的對那位騎士說：

「騎士先生，我並不懷疑您曾經打敗許多流浪騎士。但是，您說您打敗了唐吉訶德．拉曼查，這我就相當懷疑了。」

「豈有此理！」那位騎士說：

素昧平生　彼此並不認識。

「您的意思是說，我和那個人對戰、把他打敗了，是我說謊嗎？那麼，為了證明曾經和唐吉訶德對戰，我可以形容他的樣貌給您聽。唐吉訶德這位騎士個子很高、瘦巴巴的，下巴蓄著黑色鬍子。他自稱『愁眉苦臉騎士』，還帶著一位名叫桑丘的農夫當隨從，他心儀的公主叫做杜爾西內亞．台爾．托波索。說了這麼多，要是您還懷疑我的話，我只好按照一貫的作法，拔劍證明自己的清白了。」

「先別衝動。」唐吉訶德說：

「就算您認為自己真的打敗了唐吉訶德，那也不是事實。我想，那恐怕是嫉妒唐吉訶德的魔法師搞的鬼。一定是魔法師假扮成那位騎士再故意敗給您，想要毀了那位英勇騎士的名譽。況且，騎士先生，真正的唐吉訶德．拉曼查，現在正站在您面前。您一直沒有發現，就證明您遇到的那個唐吉訶德是假的，我才是唐吉訶德。為了證明我才是本人，我隨時奉陪。」

唐吉訶德說完立刻起身，握著刀柄。唐吉訶德以為只要他表明身分，對方就會知難而退，沒想到對方也不是省油的燈，那位騎士冷靜的說：

「既然我曾經打敗假的唐吉訶德，要打敗本尊也是易如反掌。不過，身為騎士，如果像打劫的強盜一樣在黑夜裡拔劍相向，那就太不像話了。等天亮之後，我們再一決勝負吧。但是，在這場決鬥裡輸的一方，可要任憑勝者使喚。」

「沒問題，正合我意。」

兩人各自回到自己的隨從身邊，吩咐隨從把馬照顧好，因為天亮之後將有一場血戰。

桑丘聽到這個消息，簡直嚇壞了。剛才兩人的主人在談話的時候，他也從對方的隨從那裡聽了許多對方的英勇事蹟。

與鏡之騎士決鬥

天色逐漸亮了，羽毛鮮豔的鳥兒也紛紛啼叫了起來。

太陽升起時，桑丘才看清楚昨天晚上跟他聊天的隨從的長相，頓時失去了勇氣。那名隨從的鼻子不但大得超乎想像、垂掛在臉上，上面還布滿肉瘤，長相非常醜陋。桑丘心想，與其和這種怪物般的傢伙對打，不如乖乖挨他兩百巴掌。

另一方面，唐吉訶德的對手由於戴著頭盔，臉被面罩遮住了，但他看起來是個健壯、身高中等的男子，在盔甲外面披著一件用金線織成的外褂，外褂上頭還鑲著一面小鏡子，整體造型看起來非常華麗。他的頭盔上裝飾了許多色彩鮮豔的羽毛，靠著樹幹的長矛又長又粗，鋼製的矛尖看起來也非常有分量。

唐吉訶德看見那位騎士的裝備，已經有了心理準備。不過，他並不像桑丘那樣提心吊膽。

決鬥開始了。唐吉訶德立刻鞭打羅西南提，衝向鏡之騎士。鏡之騎士也不甘示弱，立刻策馬上前迎戰。可是，那匹馬卻連一步也沒有往前。唐吉訶德根本不管對手的馬到底怎麼了，只顧著死命的往前衝。鏡之騎士被馬分了心，還沒來得及拿起長矛，就遭到猛烈的力道衝撞，才一轉眼就從馬上摔落地面，像斷了氣似的一動也不動了。

桑丘趕來的時候，唐吉訶德正要掀開對手華麗的頭盔。

沒想到頭盔底下露出的居然是那位桑頌·加拉斯科學士的臉。唐吉訶德看了便大聲喊著：

「桑丘，睜大眼睛看清楚了！這真的是所謂的眼見不能為憑，這一定是視我為眼中釘的魔法師假扮的。」

桑丘在胸口畫了十字消災解厄，請主人用劍鋒碰一下那個被施了魔法的身體，然後說：

「那麼主人，既然您可以肯定這是您的敵人，就應該殺了他吧？」

「嗯，你說得對。」唐吉訶德說：

「敵人少一個是一個。」

於是，唐吉訶德拔出劍來，想給這名魔法師致命的一擊。

鏡之騎士的隨從見狀，上氣不接下氣的跑來阻止唐吉訶德，臉上那個把桑丘嚇一大跳的鼻子也不見了。

那名隨從對唐吉訶德說：

「請您劍下留人啊，唐吉訶德大人。躺在地上那位，真的是您的朋友——桑頌·加拉斯科學士。千真萬確，我是加拉斯科家的馬夫。」

「你的鼻子呢？」桑丘問。

「在口袋裡。」那名馬夫從口袋裡拿出變裝用的鼻子，那是用厚紙板塗上漆做成的，相當精巧。

桑丘目不轉睛的看著眼前這個鼻子變塌的人，突然大聲叫道：

「這、這到底是怎麼一回事？你不是我們村子裡的多梅．塞西阿爾嗎？」

「沒錯。桑丘，拜託你幫我求求你們家主人，別傷害我的主人，他真的是加拉斯科學士啊。」

這時，剛才真的昏過去的可憐學士，慢慢恢復了意識。唐吉訶德看見對方起身坐在地上，便用劍鋒抵著他的胸口說：

「騎士先生，要是不承認我的杜爾西內亞．台爾．托波索公主比那位卡西蒂亞．班達莉亞公主更加美麗的話，我這把劍就不客氣了。如何？此外，還必須答應我一件事，立刻去托波索村找杜爾西內亞公主，將我的戰績稟告公主，並發誓效忠於她。」

「遵照您的吩咐。」

打敗仗的騎士在馬夫的攙扶下慢慢站起來，對唐吉訶德說。

唐吉訶德沉醉在勝利之中，不管桑丘或那位馬夫怎麼說，始終不接受事實。他仍然深信是魔法師變成學士的樣子再假扮成騎士。學士則在馬夫的照料下，垂頭喪氣的離開，打算到最近的一間藥房買藥。

其實，桑頌·加拉斯科是跟神父和理髮師商量之後，決定這場惡作劇。加拉斯科認為，要打敗唐吉訶德這位蹩腳騎士並不難。打敗他之後，就叫他發誓立刻回家，接下來兩年都不能遠行或和別人打鬥。只要在家待上兩年，那位可憐的騎士大人應該就會恢復正常。沒想到事與願違，竟是自己被打敗了，真是相當諷刺。幸好，只受了輕傷，真該感謝上帝保佑。

大家的好意最後只是白忙一場，多梅·塞西阿爾對學士說：

「桑頌大人，今天似乎應證了那句諺語，正所謂『謀事在人，成事在天』。唐吉訶德瘋狂，而我們清醒，但他像珊瑚一樣堅實，您卻被狠狠修理一頓、哭喪著臉。主人，不想瘋狂卻陷入瘋狂的人，和自願變得瘋狂的人，究竟哪個人的問題比較大呢？」

桑頌．加拉斯科說，這兩者的差異在於一個會永遠瘋狂，另一個人則是隨時都能停止瘋狂。

「如果是這樣的話，我來當您的隨從，算是自己選擇了瘋狂。那麼，現在我要停止，回家去了。」

「隨你高興吧。不過，你想想，我都還沒打敗唐吉訶德，怎麼有臉回去呢？下次，我不會再為了讓他恢復正常去尋找他的下落，而是要找他報仇。我的肋骨痛成這樣，也已經沒有心情治好他的腦袋了。」

兩人說著說著，總算來到某個村子，村裡正好有一位整骨師，學士便請醫師檢查、治療。多梅．塞西阿爾留下學士，自己一個人回家去了。學士則是絞盡腦汁，不斷想著要怎麼報復唐吉訶德。

國王的獅子

唐吉訶德打敗了鏡之騎士，心情正好，也比之前更有精神，為了尋求新的挑戰，騎著馬前進。騎士和他的隨從，兩人各自心中若有所思。隨著馬的腳步越來越快，唐吉訶德的幻想也越來越天馬行空，桑丘則是越來越感到不安。終於，一路上始終不發一語的桑丘開口了：

「主人，一直到現在，我眼前還是不時浮現我認識的那個多梅．塞西阿爾，還有他臉上可怕的大鼻子，您不覺得事有蹊蹺嗎？」

「桑丘，這麼說來，你是無論如何都認為鏡之騎士是桑頌．加拉斯科學士，而那位隨從就是你認識的多梅．塞西阿爾了？」

「主人，我不是很清楚您的意思。只是，那個人對我說起我家，還有我老婆和小孩的事，其他人是不可能知道這些的。而且，他拿掉假鼻子之後，那張臉就是多梅·塞西阿爾啊！在村子裡也好、在我家裡也罷，那張臉我都看膩了。他說話的口氣也和多梅·塞西阿爾一模一樣。」

「聽好了，桑丘，你冷靜想想。桑頌·加拉斯科成為流浪騎士、穿上盔甲來向我挑戰，這種事情，你覺得有可能發生嗎？你的意思是說，我是他的敵人？我做了什麼得罪他的事？何況，我既不是他的競爭對手、他也不想成為騎士。這樣的人，我不認為他會羨慕我靠武力獲得的名聲。」

「那麼到底為什麼會發生這種事呢？那位騎士和學士先生長得一模一樣，他的隨從也和多梅·塞西阿爾長得一模一樣。就算如您所說，那是魔法搞的鬼，兩個人

蹊蹺 音ㄒㄧ ㄑㄧㄠ。指事情有不合常理、怪異的地方。

都長得這麼像，有可能嗎？」

「這全都是緊追著我不放的魔法師設下的詭計。那魔法師一開始就知道我會贏，所以才把對手的騎士變成我的朋友。他一定是認為我看見朋友，心中正義的怒火就會平息，劍砍不下去、手臂也使不上力，他就能保住性命了。相反的，要是我輸掉的話，一定會當場沒命。」

桑丘不知道該回什麼話，只好保持沉默，況且他也對這個話題感到厭煩了。

趁著話題告一段落，桑丘走向附近的草原，向正讓羊群吃草的牧羊人買一些羊奶和乳酪。

這時候，唐吉訶德看見遠方有一輛貨車正朝這裡前近，車上還插了兩三支小旗子。

看見那幾支小旗子之後，騎士心想：「那一定是皇室的旗幟，看來，新的冒險又讓我遇上了。」急忙叫桑丘回來。桑丘東西買到一半，也只好牽著驢子，回到主人身邊。

「桑丘，把我的頭盔拿來，以防那台車上的人突然攻擊我。」

聽到主人要拿頭盔，桑丘一時之間慌了手腳。因為剛才他向牧羊人買食物時，手邊沒有別的容器，只好把乳酪裝進主人的頭盔裡。軟不溜丟的乳酪也不可能拿出來，桑丘只好直接把裝著乳酪的頭盔交給主人。唐吉訶德居然也沒發現頭盔裡有東西，就這麼往頭上一戴，於是黏稠的乳酪從他的額頭滴下來，流得滿臉都是，把他嚇了一大跳。

「這是怎麼回事？我的頭骨變軟了嗎？還是我的腦漿流出來了？」騎士擔心的說。

桑丘一句話也沒說，拿了一塊布給主人擦臉。騎士脫下頭盔一看，裡面居然有黏稠的物體，氣得大聲說：

「你這傢伙，竟敢故意弄髒我這頂寶貝頭盔！這不是乳酪嗎？而且還是不知道哪來的劣質品！」

桑丘稍微停頓了一下，然後假裝毫不知情：

「主人，如果您的頭盔裡面真的有乳酪的話，那一定是惡魔或魔法師放進去的。我怎麼可能這麼膽大包天，弄髒您的頭盔呢？」

唐吉訶德對桑丘的說明很滿意。於是把頭盔仔細擦乾淨，重新戴回頭上。他騎上馬說道：

「自以為是的傢伙都出來吧！就算你是魔王，我也有迎戰的覺悟了。」

這時，剛才那輛貨車已經離他們很近了。車上有兩名跟車的男子，一個騎在拉車的騾子背上，另一個坐在運貨車前面。

唐吉訶德站在路中央擋住對方的去路，大聲質問這輛車是什麼用途、上面載著什麼，以及為什麼要插旗子。

「這輛車是我的。」坐在前面的男子回答：

「車上載的是兩隻關在籠子裡的獅子，那是奧蘭的領主獻給國王陛下的禮物。插著旗子，就表示這輛車上的東西屬於陛下。」

「獅子的體型大嗎？」

「豈止大啊，在西班牙可看不見這樣的品種呢。我在馬戲團負責照管獅子，目前為止已經運過好幾隻了，老實說，還是第一次見到這麼大的獅子。籠子裡有一公一母，今天還沒餵食，牠們的肚子正餓著呢。大人，請您快點讓開吧，我得趕快送到皇宮，好餵牠們吃東西啊。」

「你看來有點提心吊膽啊。」騎士對那名男子說：「如果你真的是負責照管這些猛獸的人，怎麼會怕成這樣？我好不容易遇上這個機會，絕不可能放過。你快下車把籠子打開，放出獅子，讓我來對付牠。就在這片遼闊的草原，讓你見識見識我唐吉訶德．拉曼查的能耐。那些派獅子來對付我的魔法師，我真替他們感到遺憾。」

「唉，」桑丘口中念念有詞：

「看來，那些乳酪真的把主人的腦袋弄糊了。」

另一方面，騾子上的男子發覺唐吉訶德並不是在開玩笑，急忙說道：

「大人，要是您真的想和猛獸對戰，在那之前，請先讓我把騾子解開吧。如果騾子被吃掉的話，我的生活可就過不下去了。我的財產就只有這頭騾子而已，失去牠，我就一無所有了。」

男子說完，急忙解開騾子的轠繩。接著，照管獅子的那人說：

「大人，有一點請您要考慮清楚。獅子造成的損害，還有我們因此被課徵的罰金，這些可都要由您來負責啊。」

「有任何損失，我都會照實賠償。別再拖拖拉拉了，快把獅子放出來吧。」

桑丘見狀，慌慌張張的跑到騎士身邊，一把鼻涕一把眼淚，請求他打消念頭：

「老爺，惡魔和魔法師不可能會出現在這種地方，從籠子的柵欄縫隙就看得到了，那的確是獅子長著利爪的腳啊，從那隻腳看來，獅子的體型一定比馬還要大。」

「是你心中的恐懼把牠放大了。如果你真的這麼害怕，就滾遠一點吧！我一個人戰鬥就夠了。萬一我不幸戰死，你可別忘了你的任務。去謁見杜爾西內亞・台爾・托波索公主，剩下的，不用我多說了吧。」

桑丘知道再說也是白費唇舌，便騎上自己的驢子，一溜煙的跑遠了。

照管獅子的人準備打開籠子時，唐吉訶德正在考慮，該騎著馬和獅子對戰，還是該下馬才好。他擔心羅西南提受到驚嚇，於是決定先把羅西南提帶離現場。接著，騎士放下長矛、拔出劍，緊握盾牌，毫不畏懼的等著。

原本漆黑的籠子被打開了，陽光突然照了進來，熟睡的獅子覺得刺眼，眨了眨眼、張開牠的大嘴打呵欠，接著伸出驚人的長舌頭舔著臉，梳洗一番。之後，獅子把頭探出籠子，用銳利的目光掃射四周。看見那對炯炯有神的大眼，再怎麼大膽的人，想必都會嚇得直發抖。

不過，唐吉訶德不但不害怕，反而希望獅子快點衝出來，好讓他大展身手。

然而，獅子一點都不想理這位大膽的騎士。騎士不停揮舞著劍和盾牌，想要吸引獅子的注意，不過獅子瞧都沒瞧他一眼，最後只起來一個轉身將屁股朝著騎士，又趴在籠子裡睡著了。

唐吉訶德把看顧獅子的人叫來，命令他拉也好、挑釁也罷，總之把獅子趕出籠子外。

「我怎麼可能做這種傻事。」男子說：

「要是我這麼做的話，不就會第一個遭殃嗎？大人，您也該滿意了吧，我已經知道您是一位勇敢的騎士，勸您別再碰運氣了。再怎麼想一決勝負的騎士，也只能對敵人下戰帖，在決鬥地點等著。如果敵人不出現，那就是他認輸，下戰帖的一方就可以不戰而勝了。」

「原來如此。」唐吉訶德點頭同意，

「那麼，你把籠子關上吧。然後把你剛才看到的，一五一十說給大家聽。我把

我的隨從和那個騎著騾子的人叫回來，你先說給他們聽吧。」
唐吉訶德把剛才擦乳酪的白布綁在劍上，示意那兩人回來。桑丘看見白旗便說：
「唉呀，我家主人打敗獅子了。」
兩人快步跑回來之後，唐吉訶德心情舒暢的對騎著騾子的人說：
「好了，你可以把騾子綁好，繼續趕路了。還有，桑丘，拿一些錢給這兩位吧，我們耽誤人家太久了。」
「可是主人，獅子呢？被打死了？還是您讓牠留一口氣呢？」
「桑丘，這些都已經不重要了。總之，我今天證明了一件事，那就是對於真正的勇氣，任何魔法都會失靈。」
桑丘似懂非懂，總之就拿了一些錢給那兩名男子。騎騾子的把騾子和車子綁在一起，照管獅子的則是親吻唐吉訶德的手背，感謝他的賞賜。男子答應唐吉訶德，他抵達皇宮之後，會立刻向國王陛下稟報騎士的英姿。

「如果陛下問起你口中那位騎士的名號，」唐吉訶德接著說：「你就對陛下說，那位騎士叫做馴獅騎士，從前則是叫愁眉苦臉騎士。我遵循傳統的騎士精神，每解決一個事件，就會改變稱號。」

運送獅子的貨車上路了，騎士則是往另一個方向揚長而去。

騎著白馬的貴婦人

接二連三的勝利，讓唐吉訶德對於這趟冒險之旅懷抱更大的野心了。他深信自己就是世界上所有流浪騎士當中最優秀的一位。

這名騎士的腦海中浮現一幕幕即將到來的冒險，他也在腦海中一一打敗遇上的敵人。無論是魔法師、魔法，還是之前曾經慘敗的事，都被他拋在腦後了。

第二天，主僕兩人來到一座森林。穿過森林之後，便是一片遼闊的草原。草原的盡頭，有一隊騎馬打獵的獵人正在休息。獵人當中有一位美麗的女士，她騎著白馬，手上停著一隻**獵鷹**。這位貴婦人穿著一襲翠綠洋裝，白馬背上掛著銀製馬鞍，看來應該是這隊獵人的女主人。

「桑丘，」唐吉訶德對他的隨從說：

「幫我傳話給那位貴婦人，就說有一位唐吉訶德．拉曼查騎士想要上前親吻她的手，聽候她差遣。不過，桑丘啊，你說話時可要注意你的口氣，不能像平常那麼粗魯。」

桑丘加快驢子的腳步，走向那位貴婦人，然後從驢背下來，跪在貴婦人面前。

貴婦人看了便說：

「請站起來。你的主人，該不會就是出現在《智慧超群的唐吉訶德．拉曼查騎士》那本書裡的騎士吧？心裡思念著杜爾西內亞．台爾．托波索公主的那位……」

「是的，夫人。我的主人就是唐吉訶德．拉曼查。書中提到他的隨從，那就是小的。」

獵鷹

被人飼養、訓練的一種猛禽，人類利用牠來捕捉小動物。

「能夠見到你們，我真是太開心了。請立刻回去告訴你的主人，如果他願意移駕到我們的領地，對我和身為領主的丈夫而言，都是莫大的光榮。」

桑丘興高采烈的回到唐吉訶德身邊，如實轉達夫人的話。唐吉訶德坐在馬鞍上，穿好盔甲、掀開頭盔的面罩後，便騎著羅西南提去吻夫人的手。

主僕兩人來到夫人面前。桑丘看見唐吉訶德正準備下馬，於是也跨下驢子，想過去替主人扶著馬鐙。然而，當他跨下驢子時，腳不巧被綁在鞍上的繩子纏住了，於是，桑丘頭下腳上，倒掛在驢子的鞍上。

唐吉訶德正看夫人看得入迷，沒有發現桑丘陷入窘境。他仍然如往常一般，等待桑丘來扶他下馬，桑丘卻一直不過來，唐吉訶德只好一口氣跳下馬，不知是否因為馬鞍沒繫好結果他連人帶馬鞍一起摔落地面。

夫人的兩名隨從見狀，立刻過來扶起這位狼狽的騎士。唐吉訶德按照慣例，用誇張的言詞向夫人請安。之後，一行人便準備回城堡。城主大人和夫人商量後，決定要早一步先回到城堡，因為他想用傳統的儀式來款待這位騎士。

唐吉訶德真的受到有如國王一般的待遇，城主盛情邀請他在城堡裡多留一些時日，他也不好意思拒絕。用餐時，唐吉訶德坐在夫人右邊，那是最光榮的位子；房裡也準備了午睡用的躺椅，這一切都讓唐吉訶德感覺相當舒適。

另一方面，夫人把桑丘叫來，要他講述至今遇過的各種冒險。高貴的夫人對這位騎士的隨從很感興趣。她心想，如果說唐吉訶德是橫衝直撞的怪人，那麼這位樂觀得不可思議、總是哈哈大笑的隨從，有趣的程度也不會輸給他的主人。

於是，夫人和城主你一句我一句的，裝出一本正經的樣子，與這對沉迷在幻想裡的主僕鬧著玩。談話之中，桑丘也說出自己不久前捏造的故事：也就是對唐吉訶德說，他所心儀的杜爾西內亞．台爾．托波索公主被魔法師佛雷斯多變成村姑模樣的那一次。聽了這個故事，城主和夫人便想到一個惡作劇。

主僕兩人就這樣在城堡裡和城主夫婦聊了好幾天。之後，城主邀請唐吉訶德一起去獵山豬，桑丘當然也同行。打獵的過程中，桑丘被一隻大山豬追趕，只好爬上樹，最後不慎倒掛在樹枝上了，除此之外，一切順利。捕獲的獵物被集中放在森林附近的草原上，到了夜晚，獵人們也在那裡會合。

正當大夥聊得起勁的時候，森林突然有如起火一般明亮。接著，四周傳來號角和一大群人的喊叫聲，連同大鼓及喇叭的聲響，迴盪在整座森林裡。

唐吉訶德手裡緊緊握著劍，桑丘則由於太害怕，全身發抖得有如風中的樹葉一般。這時，剛才那一陣嘈雜的聲音突然停止了。一名一身黑衣、宛如惡魔的男子，騎著像木炭一樣的黑馬、吹著一支水牛牛角製成的大號角，出現在眾人眼前。

魔法師梅爾林現身

「喂，在那裡的人！」城主對男子說：

「你是誰？為什麼這麼晚了，還在森林裡遊蕩？」

「我是惡魔。」一身黑的男子用空洞的聲音回答：

「我正在尋找一位叫做唐吉訶德．拉曼查的人。我的身後跟著一群魔法師，用馬車把世上獨一無二的杜爾西內亞．台爾．托波索公主載來了。他們想看看這位愁眉苦臉的英勇騎士，能不能解除公主身上的魔法。愁眉苦臉的騎士一直等待著心中思念的公主出現，他應該已經來到這裡了才對。」

說完這些話，一身黑的男子又吹響大號角，消失在森林裡。

這時，又傳來剛才那一陣驚人的叫喊，大鼓和喇叭也響起了。這次還夾雜了槍聲，森林裡一陣騷動，彷彿世界末日。

唐吉訶德全身充滿了勇氣，桑丘卻暈了過去。有人拿來冷水潑了他的臉，桑丘雖然立刻睜開眼睛，卻又發呆了好一陣子。接著，桑丘聽見旋律優美的音樂，心情也跟著輕鬆起來，認為這是有好事要發生的預兆，於是對身旁的夫人說：

「夫人，有音樂的地方就不會發生壞事。」

「是啊，明亮的地方也不會。」夫人回答。

「可是，不管再怎麼明亮，我還是不喜歡我們周圍的火把，那些火說不定會把我們燒死。」

他們談話之間，一輛由六頭披著白麻布的騾子拉的馬車，隨著旋律優美的音樂而來。這輛馬車被稱為勝利馬車，最高的座位上，坐著一位蒙著銀色面紗的**妖精**。妖精旁邊，還有一位披著黑色長袍、臉上蒙著黑色面紗的人物。

馬車來到眾人面前之後，音樂便停止了。妖精旁邊的那位人物突然掀開頭上的面紗，大家看了無不大吃一驚。面紗底下是一張雙頰凹陷、宛如死神一般的醜陋臉龐。這位活生生的死神緩緩站起，無精打采的說：

「我是梅爾林。我統治著眾多魔法師，也是流浪騎士的守護神。剛才，我聽見美麗的杜爾西內亞．台爾．托波索公主在幽暗的城堡中嘆息。美麗的公主被施了魔法變成了醜陋的村姑，而我為了解除公主身上的魔法，讀了一本又一本古書。於是，我明白了一件事。光靠唐吉訶德的勇氣和力量是不夠的，想要解除公主身上的魔法，還必須讓桑丘．潘薩這名隨從赤身裸體，在他屁股上抽三千三百鞭才行。」

「居然要抽我三千鞭！」桑丘嚇得大叫：

「怎麼有這種事！我的屁股和魔法到底有什麼關

妖精

傳說中擁有不可思議力量、對人類友善的生物。住在泉水、小河附近，或是森林、洞穴裡，常以美麗女子的模樣出現。

係？梅爾林先生，如果找不到其他方法可以解除杜爾西內亞公主的魔法，勸你趁早死了這條心吧。就算那位公主要帶著被魔法改變的樣貌進墳墓，跟我一點關係都沒有啊。」

桑丘才剛說完，梅爾林旁邊的妖精突然掀開面紗、露出美麗的臉龐，優雅的說道：

「拜託您，桑丘先生。好不容易由於梅爾林先生的妙計，找到了您這位解除魔法的關鍵人物，千萬不能錯過這個機會啊。人家說，看見美麗女子的眼淚，就算再凶猛的老虎，也會變得像小綿羊一樣聽話。不過，就算您不願意聽我的話，至少為了您的主人、為了那位可憐的騎士大人聽一次話。您的主人每天供你吃穿，就當作報答他的恩情吧。」

「是啊，桑丘。別忘了，你還能當上小島的島主呢。」城主在一旁幫腔。

「主人，求求您，至少讓我再考慮三天吧。」桑丘轉向唐吉訶德求情。

「這可不行。」死神梅爾林說：

「必須立刻下定決心，否則，杜爾西內亞公主就永遠都是醜陋的村姑模樣了。」

「拿出勇氣來，桑丘。」城主夫人也溫柔的勸他。

「唉，好吧。既然如此，我就挨這三千鞭吧。」

桑丘說完之後，周圍又響起歡樂的音樂。唐吉訶德很感激桑丘的決心，對桑丘又摟又親。馬車再度啟程，妖精微笑著向城主和夫人辭行，也向桑丘致意。

這時候，東方的天空漸漸變亮了，一行人便返回城堡。城主和夫人對於這次惡作劇相當滿意。他們心想，下次還要再安排不同的情節。

原來，在這座城堡裡有個喜歡開玩笑的總管，剛才扮演死神梅爾林的就是他。於是，城主和夫人又把總管叫來，商量第二次惡作劇。

一天，吃完午餐之後，庭院傳來一陣哀傷的音樂。過沒多久，會客大廳就出現兩名穿著喪服的男子。兩名男子敲著大鼓，身後又走進一名也穿著黑衣、吹著笛子的男子。最後進來的則是一名高大的男子，披著黑色斗篷、腰間掛著劍，劍鞘也是黑色的。高大男子慢慢走到城主面前，跪著對城主說：

「高貴威武的城主大人，我是一位悲傷的夫人派來的使者，夫人想要親自前來，對您訴說她那充滿悲傷的故事，不知道您能不能見見她？不過，在這之前，我想先請教城主大人，那位百戰百勝的『愁眉苦臉騎士』唐吉訶德·拉曼查是不是就住在城主大人的城堡裡？我們夫人是為了尋找那位騎士，才從遙遠的甘達雅王國來到這裡。」

這位高大男子故意咳嗽一聲、撫著長長的白鬍子，等待城主的回答。於是，城主答道：

「請告訴夫人，她尋找的那位騎士確實在這座城堡裡。能夠見到那位騎士，我也感到很榮幸。如果夫人能移駕來這裡，她一定也能感受那位騎士無所畏懼的精神和高尚的情操，而安心滿意的。」

高大的男子跪著行禮之後，向敲大鼓及吹笛子的人打了暗號。他們演奏起和剛才進場時相同的音樂，以同樣的步伐往庭院退出去了。

在天空飛翔的木馬

笛聲和鼓聲又響起了。以音樂為信號，十二名身穿黑色衣服的女子走了進來。在女子身後，悲傷的夫人手搭著剛才那名高大男子，靜靜走進會客大廳。夫人穿著厚重的喪服，有三名隨從恭敬的雙手捧著喪服的三片下襬。

城主和城主夫人有禮的迎接她，悲傷的夫人便訴說起長途跋涉的原因：

「在塔羅班納大島和南海之間，距離**科摩林角**三點二公里的地方，有個遠近馳名的甘達雅王國。統治王國的是已故阿爾契皮耶拉王的皇后——瑪郡西亞女王。女王陛下膝下有一位名叫安東瑪西亞的公主，那位公主在我悉心照料下長得亭亭玉立，美貌無人能及，各國的王子都前來提親。不過，公主也不知道怎麼了，不顧母親大人的心意，和區區一名宮廷騎士結婚了。

女王陛下由於悲傷過度，像是要追隨著已故國王似的很快就去世了。過了不久，有個名叫馬朗布魯諾的人，騎著**木馬**來到皇宮。這位馬朗布魯諾是女王陛下的堂兄，是個心腸惡毒的魔法師。馬朗布魯諾得知女王陛下是因任性的女兒而死，於是想替女王陛下報仇。他來到皇宮之後，立刻施展魔法，把安東瑪西亞公主變成青銅猴子，還把那名娶了公主騎士變成不知道是什麼金屬製的鱷魚像。接著，馬朗布魯諾讓宮廷裡所有女人包括我都長了鬍子。不過，在猴子和鱷魚像的底座上，刻著這麼一段話：

『在英勇的唐吉訶德．拉曼查騎士來找我決鬥之前，這個魔法絕對不會解除。這兩個人的命運，全看那位騎士的勇氣了』，事情的經過就是這樣。」

科摩林角（第225頁）
印度半島最南端的海岬，《馬可．波羅遊記》中也曾經提到這個地方。

說完之後，悲傷的夫人和侍女們一起掀開面紗，她們每個人的臉上都長著或紅、或灰、或是褐色的、粗粗的鬍鬚。

「與其把我們變成這副見不得人的長相，不如乾脆殺了我們。不過，事到如今，也只能指望唐吉訶德大人的力量了。請您一定要幫助我們，要是您不出手相助，我們只好帶著一臉丟人的鬍子進墳墓了。」

「在下絕不會辜負各位的期望。在下也想盡快解除各位身上的魔法，請告訴我，要怎麼樣才能找到那個人，和他決一死戰呢。」

「從這裡到甘達雅王國，如果您走陸路，要走八千公里。不過，如果您從空中直線飛過去，只要五千四百八十六公里左右。對了，我還必須告訴您一件事，馬朗

木馬

以木頭製成馬的形狀。最有名的例子是荷馬的史詩《伊利亞德》中，希臘軍隊用來攻破特洛伊城的巨大木馬。

布魯諾答應我，要是找到可以拯救我們的騎士，他就送我一匹比一般的馬更聽話的馬，他甚至說，他可以把他在天空飛翔時騎的那匹馬也送給我。那匹馬的優點是既不用吃也不用睡，更不會磨損馬蹄鐵。明明沒有翅膀，也可以很輕盈、很安靜的飛上天。坐在馬背上的人，就算拿著一個裝滿水的碗，也不會灑出一滴水來。英勇的唐吉訶德大人，如果您願意的話，我就叫人在一小時內把那匹馬帶來。」

「那匹馬可以坐幾個人？」桑丘問。

「只能坐兩個人。一個人坐在馬鞍上，另一個人坐在馬的屁股上。聽說騎士不護送公主時，都是和隨從共乘那匹馬。」

桑丘對那匹馬越來越有興趣，追問道：

「那匹馬叫什麼名字？」

「牠叫做克拉比紐雷，額頭上有一根木頭螺絲，那是讓牠動起來的機關。」

「真想快點看看那匹馬。」桑丘說：

「可是，要我坐在馬屁股上，就算給我兩座島我也不願意。」

「不過，要是沒有你這位隨從跟著，再怎麼英勇的騎士，辦起事來也不會順利啊。」悲傷的夫人滿臉憂愁，請求城主和城主夫人替她想想辦法。

夜晚來臨，剛才談到的那匹馬終於要出現了。唐吉訶德已經等不及想看看那匹馬，也擔心再不快去，馬朗布魯諾會不遵守約定，打消和自己決鬥的念頭。就在這時，有四名身上披著常春藤葉的男子扛著一隻大木馬走進庭院了。四人放下木馬，其中一人開口道：

「不管是騎士還是隨從，有勇氣的話，就騎上這匹不可思議的馬吧。只要轉動木馬額頭上的木頭螺絲，牠就會帶你去想去的地方。不過，請千萬不要忘記戴上眼罩，否則飛到高處時，可能會因為暈眩而摔下來。聽見馬的嘶鳴之後，就表示到達目的地了。」

桑丘很後悔答應一起去。不過，現在才說害怕就太丟臉了，於是硬著頭皮坐在馬屁股上、戴上眼罩，緊抱著主人的腰。

「桑丘，不要發抖，」騎士說：「有我在，你不用擔心。哦！這匹馬乘風起飛了！」

「我怎麼覺得身邊好像有很多**風箱**在吹著風。」桑丘大聲說。

事實正是如此。有兩個人正在這對蒙著眼的主僕兩人旁邊，用風箱拚命送風。

唐吉訶德感覺到咻咻的風吹在自己臉上，他對桑丘說：

「桑丘，我們現在一定是飛到**天空的第二層**了，這裡是製造**冰雹**和雪的地方。再往上，就是製造雷電的第三層。要是我們繼續往上飛，恐怕就要進入火層了。我想調節木馬額頭上的螺絲，以免我們飛進火層，不過，我該怎麼轉那根螺絲啊？」

風箱

冶煉金屬時，用來輸送空氣、促進燃燒的一種器具。

這時候，木馬周圍的人立刻拿起燃燒的稻草，湊近主僕兩人的臉。桑丘被這突如其來的灼熱感嚇得大叫：

「好熱啊！主人，看來我們已經飛進火層了。我想拿下眼罩，看看這裡是什麼樣的地方。」

「不行，桑丘。」唐吉訶德急著說道：

「總之，一切就交給幫助我們飛上天空的那些人吧。看來，這匹木馬是想先飛到很高的地方，再一口氣降落在甘達雅王國。就像發現獵物的老鷹，一口氣俯衝直下一樣。」

聽見主僕兩人在庭院裡的這番對話，城主大人和夫人以及所有前來惡作劇的人，無不捧腹大笑。

為了結束這場精心策畫的鬧劇，周圍的人便點燃稻

天空的第二層

古代人認為大地是一個圓盤，天空則有三層：第一層是和地面接觸的空氣層，第二層是能夠製造冰雪的水層，下雨則是因為水層的門打開的緣故；第三層是神所居住的火層，也能產生雷電。

草，去燒克拉比紐雷的尾巴。木馬肚子裡早就裝了許多煙火，一瞬間就隨著驚人的聲響飛向空中了。全身燒燙傷的唐吉訶德和桑丘，就這樣被狠狠摔在地上。

剛才那些女子已經先躲在庭院的某處，其餘的人便假裝暈倒躺在地上。

唐吉訶德和桑丘拖著傷痕累累的身體站起來，畏畏縮縮的四處張望。於是，他們發現自己在剛才出發的庭院裡，還有好多人倒在地上，嚇得目瞪口呆。更令他們驚訝的是，庭院的角落立著一根長矛，長矛上用兩條綠色繩子綁著一張白紙，上面用金色的字寫著：

「由於英勇的唐吉訶德．拉曼查騎士答應了悲傷的夫人的請求，這場冒險就算完成了。馬朗布魯諾相當滿意，讓女子臉上的鬍子消失，而甘達雅王國的公主和騎

冰雹（第230頁）

雨滴落下時被劇烈對流往上吹，遇冷結成顆粒狀的冰，同時不斷吸附周圍的水氣。當冰粒越來越重、氣流無法承受時，就往下掉落到地表，成為冰雹。

士也從猴子和鱷魚恢復成原來的樣貌了。」

唐吉訶德一再感謝上帝，讓他沒有遭遇到太大的危險就完成了艱難的任務。接著，他走向已經甦醒過來的城主和夫人。每個人都因為事情圓滿落幕而非常開心。

桑丘成為巴拉塔利亞島的島主

城主和城主夫人想趁這主僕兩人還在城堡的時候再多捉弄他們一番，這次，他們想要讓桑丘·潘薩當上島主。

於是，城主命令一位非常瞭解傳統騎士儀式的家僕來替桑丘舉行受封儀式。城主把桑丘叫來，告訴他，由於這些日子以來，他很認真服侍騎士，理當依照約定，讓他成為島主。而且，島上的人民也像等待著天降甘霖一般，期盼他的到來。

桑丘對於城主這番話，一時之間還反應不過來，直到唐吉訶德也來告訴他許多治理島嶼的方法，桑丘這才當真，帶著城主賜給他的多名隨從離開了城堡。桑丘騎著一頭掛了精美馬鞍的騾子，原本的驢子也換了一副新的馬鞍，跟在後面。桑丘不時回頭看看他那頭可愛的驢子，驢子能跟著一起來，讓桑丘非常滿意。

走了一小時左右，桑丘來到一座人口約一千人的小鎮，這裡是城主領地裡的一座小鎮，城主卻告訴桑丘那裡就是巴拉塔利亞島。

桑丘一行人一走進小鎮，就有鎮上的官員出來迎接，畢恭畢敬的向桑丘行禮。鐘聲響徹鎮上，居民看起來也都非常開心。桑丘在簇擁之下來到了鎮公所，經過一場誇張得離譜的儀式後，便正式成為新島主了。之後，桑丘走進一個房間，鎮上的大官在裡面依照官階高低排好，準備迎接新的島主。

城主那位喜歡惡作劇的總管也在隊伍裡，他對桑丘說：

「島主大人，這座島有個習俗，若要統治這座頗負盛名的島嶼，無論多麼困難的問題，都要能答得出來。根據您的回答，居民們就能知道這位新島主是不是個有智慧的人，判斷由他來統治究竟是福是禍。」

話剛說完，就有兩位老先生戰戰兢兢的走進來，其中一位拄著拐杖。另一位沒有拄拐杖的老先生先開口說道：

「大人，我在很久以前借給這位先生十枚金幣。我叫他還錢的時候，他都答應會還，我也不想為難他，所以沒有繼續追討下去。事到如今，他居然說不記得向我借過錢，就算有借，也早就還了。當初借錢時，我沒有特別立下借據，現在只能各說各話。我今天來到這裡，是想讓這位先生在島主大人面前說出實話。」

「關於這件事，你有話要說嗎？」桑丘問那位拄著拐杖的老先生。

「大人，我承認曾向這位先生借錢，可是那些錢我已經還給他了。我願意向島主大人發誓，請您將象徵島主大人的權杖稍微放低一些。」

於是，島主大人將自己的權杖伸向那位老先生。老先生覺得自己的拐杖太礙事，先把拐杖交給另一位老先生，然後在島主大人的權杖上畫十字，鄭重的起誓。

「那你呢，你還有話要說嗎？」

「島主大人，我無話可說了。我也是基督徒，我相信這位先生發的誓。也許是我忘了吧，以後我不會再叫他還錢了。」

向人借錢的老先生從對方手中拿回自己的拐杖，匆匆走出房間了。不過，桑丘總覺得不對勁。他低著頭、用右手食指摸著鼻子，不發一語直視著前方。然後他命令底下的人，再把剛才那位拄著拐杖的老先生叫回來。
老先生回來後，桑丘問他：
「老先生，你那支拐杖能讓給我嗎？」
「小事一樁，請拿去吧。」
老先生把拐杖交給桑丘。
桑丘把拐杖交給借別人錢的老先生，告訴他，這樣一來，借出的錢就回收了。
「得到這支拐杖，借出去的錢就回來了？島主大人，您是說這支枴杖價值十枚金幣嗎？」
「沒錯。」島主大人說：
「要是我說錯的話，我就是世界上最傻的傻瓜。不過，我的智慧可是能統治整個王國，不信你把那支拐杖折成兩半看看吧。」
老先生把拐杖折成兩半之後，裡面居然有十枚金幣。在場的人都大吃一驚，紛紛讚嘆島主英明。大家都很好奇，為什麼島主大人知道拐杖裡有金幣。桑丘說：

「發誓的那位老先生，說自己確實已經還錢的時候，先把拐杖交給了對方。發完誓之後，他又把拐杖拿回來了。所以，我認為那支柺杖一定有問題。」

這件糾紛順利解決後，鎮上的官員帶桑丘來到一座華麗的宮殿。宮殿裡準備了豪華的餐點，桑丘才剛踏進宮殿，周圍就響起優美的音樂。一名侍僮拿來洗手用的水盆，桑丘一本正經的接過盆子。

音樂停止、桑丘就座後，一名男子拿著用鯨魚骨做的棒子站在桑丘身旁。終於，一道道裝在繽紛器皿裡的美味佳餚端上桌了。桑丘正要大快朵頤一番，站在他身旁的男子卻舉起魚骨棒敲打盤子。接著，侍僮就以迅雷不及掩耳的速度把盤子撤下了。一次、兩次，桑丘只能眼睜睜看著盤子被收走，終於忍不住問那名男子，為什麼不讓他吃東西。

「大人，」那名男子回答：

「我是負責照顧您的醫生。我的責任就是不能讓大人吃太多，以免大人吃壞肚子。以大人目前的身材看來，我建議您吃兩片薄薄的火腿就好了。」

桑丘坐在最高的椅子上，靠著椅背，擺出島主的架子，從頭頂到腳尖仔細端詳這位奇怪的醫生，然後說道：

「你這庸醫，快從我眼前消失吧，否則我就要用屁股底下的這張椅子，打得你腦袋開花！好了，還不快把食物拿來！再不拿來，這島主的位子我也不要了。我可不是為了餓死，才來當島主的啊。」

島主大人大發雷霆，讓醫生嚇壞了，慌慌張張的想離開現場。這時，大道上傳來快馬的號角聲。宮殿總管把頭探出窗戶，查看外面的情況。消息傳來，說是賞賜桑丘的那位城主大人派了一位緊急傳令的使者來了。

莫名其妙的戰爭

這時候，真的有一位使者滿身大汗，急急忙忙跑進宮殿裡。使者從胸前拿出一封信，畢恭畢敬的交給島主大人。島主大人不識字，於是把信交給旁邊的隨從，要隨從念給他聽。信裡是這樣寫的：

巴拉塔利亞島的島主桑丘．潘薩大人：

根據我最近聽見的傳聞，再過不久，就會有大批敵人來襲擊巴拉塔利亞島了。鎮上也有可疑的人想取你性命，他們正四處遊走要伺機而動，請千萬不能大意。有些人會假藉有事相求來靠近你，你要當心。當然，必要的時候，我會盡我所能幫助你。不過，你一向小心謹慎，相信可以度過任何難關。

桑丘聽完，差點沒嚇破膽。看見一旁的隨從也表現出驚慌失措的樣子，桑丘思考片刻，對眾人說：

「要是真的有人要取我的性命，那一定就是剛才那個醫生了。可惡的醫生，居然想把我餓死，最好立刻把他關進牢裡。」

「可是大人，端上桌的食物您還是別吃比較保險，說不定惡魔正藏身其中呢。」總管說。

「那麼，你現在就去拿一片麵包和幾串葡萄來給我吧。再怎麼樣，葡萄裡總不會有毒吧。更何況，肚子不填飽，也提不起勇氣。正所謂餓肚子的兵打不了仗。」

接下來四、五天，桑丘．潘薩一天到晚被事情追著跑。身為島主，每天都有處理不完的麻煩事。當然，桑丘還是心不甘情不願的處理完了。又過了不久，桑丘實在感到厭煩，心浮氣躁卻又束手無策，忍不住懷念起以前那些隨心所欲的日子了。

成為島主的第七天晚上，桑丘被一陣巨大的鐘聲驚醒了，還聽見人的叫喊，他急忙從床上跳下來，大喊「敵人來襲！」這時，桑丘的房門打開了，二十幾個男丁蜂擁而至，每個人手裡都拿著火把，口中喊著：

「打仗了、打仗了！數不清的敵人衝進來了！現在正是大人您展現智慧和勇氣的時候，否則我們每個人都要被消滅了。」

桑丘嚇得魂飛魄散，根本不知道該如何是好。他驚慌的說：

「我根本不會使長矛，也不會用盾牌，我一向最討厭打打殺殺，活到現在，從來也沒有傷過別人一根頭髮，打仗的事去找我家主人吧！」

「大人，事不宜遲啊！」大夥聲聲催促：

「大人，請您趕快指揮我們的軍隊，這是您身為島主的責任。」

「既然如此，盔甲或什麼都好，快幫我穿上吧。」

於是，兩名男丁立刻拿來兩面大盾牌，一面綁在桑丘背上、一面綁在他胸前，把桑丘綁得動彈不得。桑丘連站都站不穩，只好把手裡的長矛當成拐杖撐著。

「大人，請您快來指揮我們作戰吧，敵人已經一步步攻過來了。」

「可是，我走不動啊。」

桑丘使盡全力想往前走，可是綁在身上的盾牌實在太重，他連一步都還沒跨出去，就倒在地上一動也不動了。

然而，這些喜歡惡作劇的人看見島主倒在地上也不以為意，把手中的火把熄滅，在黑暗之中紛紛從桑丘身上踩過；還有一些人拿著短棒和長矛，用力毆打桑丘。還好桑丘身上綁著盾牌，否則可能就被打死了。

就在桑丘奄奄一息時，外面的騷動終於變成勝利的歡呼聲。到處都有人呼喊：

「萬歲！我們贏了！」

「大人，可喜可賀，我軍獲得勝利了！都是拜大人不敗的力量所賜。從敵人那兒搶來的戰利品，也請分一點給我們吧。」

「先扶我起來再說吧。」

島主大人聲音虛弱，好不容易在攙扶下站起來後，他說：

「我根本沒看見敵人，也不知道我們是不是真的打贏了，更不知有沒有戰利品。總之，先給我一杯葡萄酒，和一條擦汗的毛巾吧。」

大夥鬆開桑丘身上的繩子、卸下盾牌，替他擦去額頭上的汗水，再給他一杯葡萄酒。桑丘這才解除了那身誇張的戰鬥裝備。接著，桑丘走向馬廄，他身後仍然跟著一大群人，不過，桑丘沒有看他們一眼，一把抱住驢子的脖子，和驢子臉貼著臉，哭著說：

「驢子啊，只有你是我的好朋友，辛苦的時候、貧窮的時候，你都跟我相依為命。以前，我只要坐在你的鞍上、拉著你的韁繩就好，什麼都不用想。唉，那時真是幸福啊。都怪我太貪心，現在連一天、甚至一小時都不得閒，我受夠了！」

桑丘邊說邊把鞍掛上，然後跳上驢子，對在場的眾人說：

「請你們讓開，我想回到以前的生活。人生來過得是什麼樣的生活，就是最適合他的。要我當島主、保護人民不被敵人侵犯，這不符合我的本性，拿著鋤頭或鐵鍬才適合我。與其被醫生餓死，不如拿蕪菁來填飽肚子。各位，請你們告訴那位對我有恩的城主大人，就說我要回去過我的苦日子了。」

大夥再三挽留桑丘，勸他考慮清楚，但桑丘心意已決，和身邊的人擁抱道別之後，就離開巴拉塔利亞島了。

就這樣，桑丘回到了主人唐吉訶德身邊。騎士看見桑丘回來，又蠢蠢欲動，想展開新的冒險。某天早晨，主僕兩人向城主夫妻辭行，踏上了新的旅程。

桑丘此刻心情非常好。因為驢背上的袋子裡裝滿了食物，錢包裡也裝滿了錢，那是城主大人瞞著唐吉訶德偷塞給他的。

唐吉訶德決定前往薩拉戈薩。不過，途中經過巴塞隆納時，有位名叫安東尼·莫雷諾的富豪早已聽聞唐吉訶德是個怪人，他把唐吉訶德叫住，邀請他前往自己的宅邸作客。

騎士非常喜歡這座大城市，既看得見海又很熱鬧，在這裡待得很開心，出發前往薩拉戈薩的日子就這樣拖延了一天又一天。

某天早晨，唐吉訶德穿戴盔甲，帶著桑丘到港口散步。途中突然遇見一位騎士，對方也穿著盔甲，盾牌上還有一輪閃閃發亮的銀色月亮。待主僕兩人走近，那位奇怪的騎士便大喊：

「傑出的唐吉訶德．拉曼查騎士，我是銀月騎士。你立下許多偉大的戰功，我也聽說過你的大名。為了證明我心目中的公主比杜爾西內亞．台爾．托波索公主更美麗，我要和你一決勝負。要是你現在承認我說的話，我就饒你一命。如果你接受我挑戰，而我又打贏的話，你就必須立刻回到故鄉，兩年內都不能拿劍，老老實實過生活。要是我輸了，我就把我的盔甲、還有我這匹馬都送給你。連同我至今獲得的所有榮譽，也全都歸你。」

唐吉訶德對銀月騎士的傲慢發言感到十分訝異，立刻接受了他開的條件。儘管沒有比武開始的信號，兩位騎士卻幾乎同時拉起轡繩。

銀月騎士的馬腳程很快、個性凶猛，反觀羅西南提接連跟著主人上山下海，實在累壞了，只能拖著腳走。毫不意外的，在雙方第一次交鋒時，羅西南提和唐吉訶德就雙雙被擊倒在地了。

獲得勝利的銀月騎士，用長矛抵住倒地的唐吉訶德的胸口，他說：

「你輸了，你可要確實遵守剛才的約定。」

唐吉訶德已經沒有力氣抬頭，只能虛弱的說：

「杜爾西內亞公主是世界上最美麗的公主，只是很遺憾，由於我的無能，沒能得到認同。好了，快用你那把長矛給我個痛快吧。」

「我拒絕。」銀月騎士說：

「我也認同杜爾西內亞公主的美貌。不過，請按照剛才的約定，立刻回到你的故鄉，安分的度過兩年吧。」

唐吉訶德鄭重的答應了，讓桑丘把他扶坐起來。脫下頭盔一看，底下是一張宛如死人般慘白的臉，額頭上還有斗大的汗珠；羅西南提也遍體鱗傷，動彈不得。

桑丘彷彿在做夢，腦袋一片空白，現在該想些什麼、接下來該怎麼辦，他一點頭緒也沒有。

其實，這位銀月騎士就是桑頌．加拉斯科學士。桑頌經過上一次的失敗之後，一直等待著第二次機會。這次，他終於如願以償了。

接下來六天，唐吉訶德只能躺在床上休養，桑丘則是想盡辦法安慰主人：

「主人，請您抬起頭來、打起精神吧。最慘的也許是您，什麼好處也沒得到的人可是我啊。我雖然放棄當島主，不過，比島主稍微低一點的官位我還是很有興趣的。要是您現在就放棄當國王的話，我的願望就不能實現了。」

「你也知道，我已經答應那個銀月騎士兩年都不能離開村子，在那之後，我就會恢復流浪騎士的身分，到時候，不管是王國還是你想要的官位，都不是問題了。」

「這些話我早就聽過了，您還是說給上帝聽吧。比起莫名其妙的幻想，我寧可期待一些快樂的事哩。」

英勇的紳士逝去

唐吉訶德的身體狀況稍微恢復之後，騎著可憐的羅西南提、帶著桑丘，啟程回故鄉了。桑丘讓驢子背著騎士的武器和盔甲，他自己只能步行，心情卻相當雀躍。

離開巴塞隆納之前，唐吉訶德又看了一眼幾天前被銀月騎士打敗的地點，說：

「命運女神在這裡離我而去，我的幸運之星也消逝在空中了。」

聽見主人的感嘆，桑丘說：

「主人，走運的時候開心，倒楣的時候忍耐，這才是能屈能伸的大丈夫。當上島主時，我真的很開心，不過回來當您的隨從，像這樣不停的走著，我也不覺得難過。以前我聽人家說過，命運女神就像一個酩酊大醉、陰晴不定的女人，總是任意妄為，一下子把人捧上雲端，一下子又把人重重摔下。」

「想不到你也說得出這麼有智慧的話。不過，我可不這麼認為。我認為，世上無論好事壞事，並不是隨機發生，而是每個人自己造成的。我也造就了自己的命運，只是我太大意了。當時，我看見對手那匹馬的體型，就應該想到羅西南提不是牠的對手。不過，就算我失去了名譽，卻還是一個能遵守約定的人。好了，出發吧。回到家，等苦悶的日子結束，我們再重振精神，展開另一場難忘的流浪之旅吧。」

「主人，我實在不是很喜歡走這麼遠的路。不如，我們把盔甲像個上吊的人那樣掛在樹上吧。這麼一來，我就可以騎著我那頭可愛的驢子，也跟得上您的腳步了。」

「嗯，這也是個好主意。我們就把盔甲掛在樹上，當作過去那些決鬥的紀念。我還要在底下寫著『不與我較量之人，不得碰觸這副盔甲』。」

「還有，如果您不想一路拖著羅西南提回家的話，我們也可以把牠綁在盔甲旁邊，您意下如何？」

「老實說，不管是羅西南提還是盔甲，我都不想就這麼留在樹上，它們為我效力這麼久了，我不能忘恩負義。」

「主人，看來您是受人點滴就會銘記在心的人呢。」

兩人天南地北說著，一路上也沒再遇上任何冒險，總算回到久違的村子附近。這時，兩人看見了神父和桑頌．加拉斯科學士的身影。唐吉訶德下馬擁抱這兩位好久不見的朋友。四人一來到唐吉訶德的家，附近的孩子便一擁而上圍著他們。聽見唐吉訶德回來了，年邁的幫傭婆婆和小姪女急忙出來迎接。桑丘的太太也帶著小女兒一起出來，她以為桑丘成為島主了，卻看見他狼狽的樣子，不禁破口大罵：

「咦？奇怪了，你怎麼會這副德性？你這個樣子哪像島主大人，根本是乞丐吧！」

「閉嘴！」桑丘說：

「回家之後，我有很多精采的故事可以說呢。我可是帶著錢回來了！最重要的是，這些錢都是我自己賺來的，沒有給任何人添麻煩。」

第二天起，桑丘重拾了原本的工作。然而唐吉訶德卻發了高燒，身體越來越虛弱，請醫生來看，也表示已經束手無策。醫生回去之後，病人便陷入沉睡，大家都擔心他會不會就這樣一睡不醒。睡了很長一段時間之後，病人總算醒了。他用宏亮的聲音說道：

「老天爺真是對我太好了。我的頭腦變得清楚，籠罩在頭上的陰霾已經一掃而空，好像恢復成原來的我了。不過，很遺憾，人生要重來似乎也為時已晚。」

接著，他要朋友都進到房裡，對他們說：

「你們應該替我感到高興才對，我已經不是唐吉訶德，而是變回阿隆索・基哈達了。騎士小說裡寫的那些，我已經受夠了。我也終於明白，對那樣的故事著迷，實在是大錯特錯。神父，我就快要蒙主恩召了，請聽聽我最後的懺悔吧。」

大家走出房間，只留下神父一人聽唐吉訶德懺悔。懺悔結束之後，唐吉訶德又把大家叫進房裡。當然，幫傭婆婆、姪女和桑丘也來了。桑丘哭著說：

「主人，請您快點恢復健康，再帶我出去旅行吧。」

唐吉訶德在眾人面前留下遺言之後，突然失去意識，不久便嚥下最後一口氣。

充滿智慧的唐吉訶德·拉曼查騎士的身影，也從此在世上消失了。

桑頌·加拉斯科學士在騎士的墓碑上，刻下這麼一段碑文：

英勇的紳士長眠於此。

他那過人的勇氣，連死神都要畏懼三分。

他向世界挑戰，歷經無數戰役，使世人驚訝不已。

他一生瘋狂，卻在臨終前清醒，實在幸福之至。

（完）

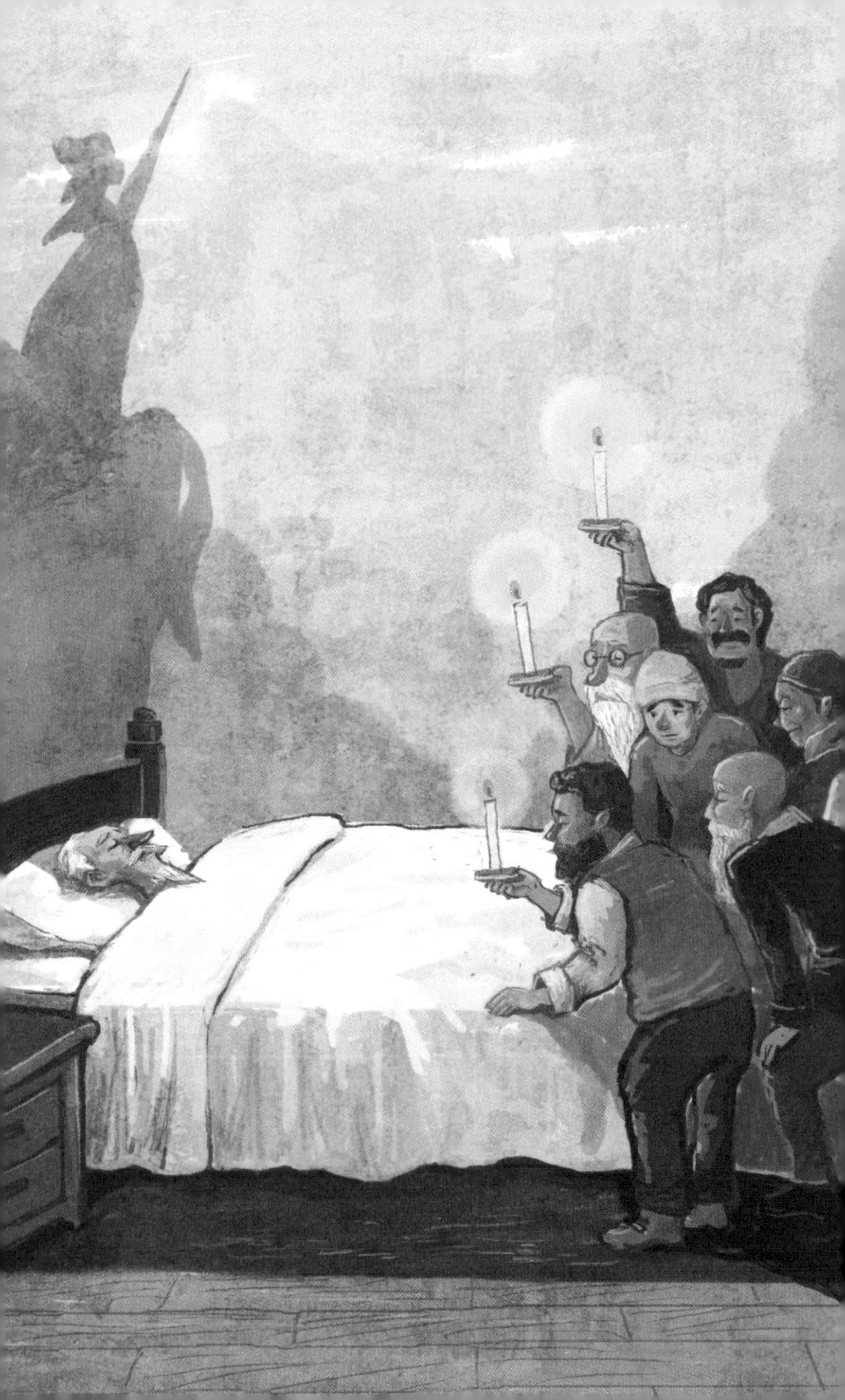

做自己眼中的自己：我讀《唐吉訶德》

如果五十幾年前的回憶還算可靠的話，東方少年文庫的《唐吉訶德》和很多其他經典一樣，我都是躺在雙層床的上鋪讀的。那張床是爸爸為我和二哥買的，二哥睡下鋪，我睡上鋪。為什麼？或許二哥較聰明，下鋪臨窗，夏有涼風與高懸明月可攬，上鋪一睜開眼，就是平板無趣的天花板和熱死人的一百燭光的燈泡。

不過這些回憶可能都只是歲月的殘痕。十來歲的二哥和我哪有那麼多心機和煩惱，我們常常上、下鋪間跳來跳去，一直到……一直到青少年歲月戛然而止，全家族最寶愛的老阿嬤仙逝，二哥有了自己的房間，姊姊出閣，而我也成了呆頭呆腦的高中生。

《唐吉訶德》好有趣。等一下，是書名有趣還是內容？首先當然是書名，因為它太太有名了，未聞其文，先識其名。好像光捧著它，就應該先笑出來似的。內容當然也是，充滿著幻想和滿盈的勇氣（但當時閱讀它時，卻沒有體會到老騎士的勇氣是如何無畏凜然，只覺得那是作者的「笑料」）騎著一匹瘦馬的老騎士，帶著忠僕桑丘，前往有如童話中場景的西班牙去尋求正義，追求騎士的榮譽。好玩的情節一幕接著一幕展開，不僅騎士飽受折磨，被作弄得七暈八素，可憐復可愛的桑丘所挨的皮肉痛更是難以勝數。

也許所謂的成長就是小孩子突然想自己找書來讀，尤其是所謂的「經典」文學。《唐吉訶德》寫得精采沒話說，但為什麼它是二〇〇二年的一百名作家票選的「史上文學作品之冠」？

十三歲的小腦袋不會費神想這種問題，更不用說要給它一個水落石出的答案。成長本身就更忙了，不是嗎？倒是這次有幸讀到「小木馬文學館」的版本，才忽然有了頓悟。正好，來得正是時候。之前，我的人生閱歷不足無從領會《唐吉訶德》的智慧。之後呢？當世間一切於我都雲淡風清，經典《唐吉訶德》於我恐怕不過是書架上又一座蒙塵的碑牌罷了。

人可以沒有夢嗎？即使在別人眼中它有點怪誕、離奇。但一旦你／妳兼具實踐夢想的決心和勇氣，這世界就是你們的了。唐吉訶德不就是如此？夢想使他搖身一變為勇氣超絕，武功蓋世的騎士，足跨駿馬，手執長矛，為高貴的公主獻上忠誠與榮譽。

切莫以為這只是小說的情節，這確實就是「真實的人生」。活在十六、十七世紀之交的塞萬提斯，其一生的波瀾萬丈，比起唐吉訶德只在西班牙一隅大地上闖蕩，其壯闊更是有過之而無不及。誰不是呢？只要你想做個「自己眼中的自己」，哇！放心，你的人生肯定會精采萬分。沒錯，你會摔下馬來，你會被大風車掃落，弄得幾乎粉身碎骨，但同時你可以活得抬頭挺胸，一直挺身向前。你可能會很辛苦，但卻一定苦得有滋有味。

也許這就是歐洲小說給人類最大的「贈禮」：它談的是赤裸裸、殘酷不仁的人生，卻以最詼諧的方式。詼諧和勇氣不正是一對孿生兄弟，彼此不可或缺？

【作者簡介】

郭重興

讀書共和國出版集團創辦人暨社長。年少時因愛書成痴，夢想以書為業，而投入出版，迄今已逾四十個年頭，對書的熱情未曾稍減。一直以來，做著大大小小的出版夢，秉持「相信閱讀，相信書會一直是書」的理念，或為年輕人提供思想養分，或為文化甘泉注入活水。

這套世界文學包含了多元的文化與各地不同的風景與習俗，當你徜徉在《唐吉訶德》故事情節中時，是否也運用了你敏銳的觀察力，發現哪些是與自己的生活很不一樣的地方呢？以下幾個問題將幫助你試著發表自己的心得或感想。現在就讓我們穿越文字的任意門，一起開始這趟充滿勇氣、信心與感動的旅程吧！

問題1 「唐吉訶德」一詞，可代表哪些人格特質（浪漫？勇敢？堅持？……）你覺得有哪些人，可以視為現代唐吉訶德？為什麼？

問題2 你覺得唐吉訶德是一個騎士嗎？什麼又是「騎士精神」？

問題3 唐吉訶德如何面對自己的挫折？試舉出書中三個例子？你自己有面對挫折的經驗嗎？試著說說看？

問題4 神父和理髮師用了什麼方法帶唐吉訶德回家？你贊成他們的作法嗎？如果你的好朋友做了你不贊成的事，你又會怎麼做呢？

問題5 桑丘終於成為夢寐以求的島主之後，遭遇了什麼？結局又是什麼？幻想是否真的比實際好呢？說說你的想法？

日文版譯者

安藤美紀夫（1930-1990）
生於京都市。
京都大學義大利文學系畢業。
擔任高中教師時開始創作兒童文學，
第一部作品《白色松鼠》就獲得產經兒童出版文化獎。
一九七四年起於日本女子大學任教，主要譯作皆為義大利兒童文學作品。

中文版譯者

黃育朋
政治大學心理系畢業。
通過日語檢定 N1，
文化大學推廣部日文筆譯班課程修畢。
曾任職於日商公司、翻譯公司，譯過各類文件手冊。目前為專職接案譯者。

封面繪圖：Lynette Lin
封面設計：倪龐德
地圖與註解小圖繪製：陳宛昀
彩色插圖繪製：林藝軒

國家圖書館出版品預行編目（CIP）資料

唐吉訶德／塞萬提斯作；安藤美紀夫，黃育朋譯. -- 二版. -- 新北市：木馬文化出版：遠足文化發行, 民 108.07
面； 公分
ISBN 978-986-359-690-5（平裝）

878.59 108009546

唐吉訶德

ドン＝キホーテ

原著作者：塞萬提斯（Miguel de Cervantes）
＊日文版由安藤美紀夫翻譯自原文
譯　　者：黃育朋

社　　長：陳蕙慧
副總編輯：戴偉傑
責任編輯：葉芝吟、王淑儀（二版）

讀書共和國出版集團社長：郭重興
發行人兼出版總監：曾大福
出　　版：木馬文化事業股份有限公司
發　　行：遠足文化事業股份有限公司
地　　址：231 新北市新店區民權路 108-2 號 9 樓
電　　話：(02)22181417　　傳　　真：(02)8667-1891
Email：service@bookrep.com.tw
郵撥帳號：19588272 木馬文化事業股份有限公司
客服專線：0800221029
法律顧問：華洋國際專利商標事務所　蘇文生律師
內頁排版：中原造像股份有限公司
印　　刷：中原造像股份有限公司
小木馬悅讀遊樂園：https://www.facebook.com/ecuschildren/

初　　版：2016 年 11 月
二版一刷：2019 年 8 月
定　　價：300 元
ISBN：978-986-359-690-5

21 SEIKI-BAN SHOUNEN SHOUJO SEKAIBUNGAKU-KAN [21]
《DON=KIHOOTE》

精選二十四冊、橫跨世界多國的文學經典名著

好的文學作品形塑涵養孩子的品格力與人文素養

勇氣・善良・夢想・行動・智慧・思辨……

希臘神話（希臘）	小公子（英國）
悲慘世界（法國）	俠盜羅賓漢（英國）
唐吉訶德（西班牙）	三國演義（中國）
偵探福爾摩斯（英國）	西遊記（中國）
格列佛遊記（英國）	金銀島（英國）
湯姆歷險記（美國）	阿爾卑斯少女（瑞士）
莎士比亞故事（英國）	聖誕頌歌（英國）
小婦人（美國）	十五少年漂流記（法國）
紅髮安妮（加拿大）	傻子伊凡（俄國）
長腿叔叔（美國）	愛的教育（義大利）
魯賓遜漂流記（英國）	黑貓（美國）
三劍客（法國）	少爺（日本）

……出版順序以正式出版時為準。